LA CONFIDENTE

DU MEME AUTEUR

DE MA FENETRE (nouvelles)

Sylvie GUEZ

LA CONFIDENTE

Pièce de théâtre

A ma mère

Personnages :   - Stella
                     - Bernard
                     - Olga
                     - Walter

Un studio lumineux et assez spacieux, meublé d'un lit armoire dans un coin de la pièce, deux marches plus bas un canapé au centre, sur la droite une barre de danse face à un miroir. Toute l'action se passe dans ce petit univers douillet et bien organisé.

ACTE I

Scène 1

Lumière du matin. Dans le lit se dessinent les corps d'un couple. Stella se réveille et s'assied.

STELLA : Qu'est-ce que je fais là ? … Ah oui, c'est vrai c'est le matin ! Mais pourquoi ne suis-je pas toute seule ? Qu'est-ce qu'il fait là lui aussi ? … Non, ce n'est pas possible ! ! ! On l'a fait ? Ou on ne l'a pas fait ? Non, si on l'avait fait, je m'en serais souvenue ! Ce n'est pas possible !!!

Elle s'assied au bord du lit.

STELLA: Qu'est-ce que je fais ? Je me lève ? Oui, je ne vais pas l'attendre. Bon je m'habille vite fait !

Elle cherche ses affaires du regard, les trouve posées sur une chaise. Elle se lève et enfile rapidement son jeans, se détourne pour retirer son tee-shirt au cas où son compagnon de nuit la verrait, et met un pull.

STELLA : Et hop, il ne me reste plus qu'à trouver de quoi me chausser et je suis prête !

Elle s'approche du lit, s'agenouille, soulève le drap, se met à quatre pattes et regarde dessous.

STELLA : Où sont ces satanées chaussures ? … Je dois disparaître, et vite ! Pas d'explication à donner ou à demander, je pars ! … *(Elle se redresse subitement.)* Mais pourquoi est-ce à moi de le faire ! C'est chez moi ici !!!

Elle se rassied sur le lit et se détourne pour le regarder.

STELLA : Il dort ! Mais pourquoi est-il là ? Qu'est-ce que j'ai fait hier ? Je ne bois jamais ! Je devrais m'en souvenir ! Non, là je dois rêver, je vais me réveiller dans deux minutes, je suis juste en train de contrôler ces fameux rêves qu'on fait de temps en temps et après je me réveillerai et me dirai : ouf, ce n'était qu'un rêve !…

Elle se lève.

STELLA : Bon, je me déshabille ! Après tout, vaut mieux ne pas éveiller les soupçons de l'incertitude et du manque de confiance qui me sont chers !

Elle enlève son pull, enfile son tee-shirt qu'elle récupère sur la chaise et retire son pantalon, puis fait le tour du lit.

STELLA : Il est torse nu, soit ! Et s'il était tout nu en dessous de la couverture ? Oh, il dort sur le ventre ! Il est mignon, hein ! Que faire ? Si je soulevais cette jolie couverture ? Non, je n'oserai jamais… S'il était nu, je serais fixée !

Elle s'approche et s'assied sur le petit tabouret près du lit.

STELLA : Si ma mère me voyait, elle me dirait : « Oh ma fille ! Shocking ! » Maman, tais-toi ! … Bon, je vais préparer le petit déjeuner, ça va m'occuper et après on verra ! … Eh bien, c'est tout vu ! Chez moi, il n'y a jamais rien à manger ! Enfin, le matin j'adore boire un chocolat chaud, à part que j'oublie toujours d'acheter le lait. Résultat, je n'ai que la poudre… marron ! Un petit chocolat à l'eau, ou alors un thé ? Un thé au chocolat ?!!!

Elle se lève.

STELLA : Après tout, qu'est-ce que je crains ? Rien ! Il est mon meilleur ami, enfin mon meilleur ami parce que c'est le seul ! Alors forcément. Et puis peut-on appeler un meilleur ami, quelqu'un que l'on voit une fois ou deux par an ? C'est toujours ça de pris, n'est-ce pas ?

Elle le regarde.

STELLA : Il est mignon, hein ! Non, je m'en voudrais d'avoir gâché trois ans de belle et sincère amitié ! Trois coups de fils et puis s'en vont… Bon, réveille-toi ma fille, réveille-toi ! Une mission nous attend ! Vérifier les dessous de cette jolie… couverture ! Il dort après tout, il ne sentira rien ! Et je serais fixée… Mais pourquoi est-ce que je ne me souviens de rien ? Je suis sûre que je n'ai rien à me reprocher ! Je ne fais jamais rien de dangereux dans ma petite vie de tous les jours ! Je ne bois pas, je ne fume pas, je ne drague pas et je ne me laisse même pas draguer, et je ne… *(Elle le regarde.)* Je ne… *(Elle approche de plus en plus et soulève doucement la couverture.)* Je ne …

Il se retourne subitement.

BERNARD : Ah !

STELLA : Ah !

Ils crient en même temps.

BERNARD : Que se passe-t-il ?

Elle recule d'un bon.

STELLA : Ce n'est rien, tu as dû faire un cauchemar ! Je voulais juste voir si ça allait et remonter un peu la couverture, tu me semblais avoir froid ! Il fait tellement chaud ici ! Qu'est-ce que je raconte ?

Il s'étire. Elle s'éloigne et avance dans la pièce.

STELLA : Un petit calva ?

BERNARD : Je te demande pardon ?

STELLA : Euh… un petit encas, je voulais dire !

Il s'étire encore.

STELLA : Mais je t'en prie, fais le chat !

BERNARD : J'espère que je n'ai pas trop bougé cette nuit !

STELLA : Non, je n'ai rien senti ! *(dit-elle en faisant une mimique).*

BERNARD : Ça va mieux maintenant ?

STELLA : Euh, oui !

BERNARD : Non parce que pour te réconforter, il faut recommencer à plusieurs reprises !

STELLA : Ah, bon ?

Il s'assied. La couverture descend un peu.

STELLA *(tout bas)* : Please ! Pourvu qu'il ne soit pas tout nu !

BERNARD : Qu'est-ce que tu dis ?

STELLA : Rien de percutant !

BERNARD : Tu es moins bavarde qu'hier soir ! Je trouve que tu vas mieux !

STELLA : Je te remercie. Mais, j'étais comment ?

BERNARD : Au bord du précipice, ma chérie !

STELLA : « Ma chérie », c'est la première fois que tu m'appelles comme ça !

BERNARD : Pardon !

STELLA : Non, ce n'est pas grave, ça me fait drôle c'est tout, je n'ai pas l'habitude d'être ainsi nommée, à part ma mère qui l'utilise pour me dire que quelque chose en moi la dérange, je ne vois pas qui pourrait…

BERNARD : Stop ! Tu ne vas pas remettre ça !

STELLA : Remettre quoi ? Si tu me disais exactement dans quel état j'étais !

BERNARD : Soit ! Laisse-moi d'abord m'habiller !

Stella se détourne d'un coup. Bernard sourit.

BERNARD : Dis ma belle, de quoi as-tu peur ?

STELLA : Peur ? Mais de quoi je te prie ?

BERNARD : Oh quel ton condescendant ! Peur de ce corps sublime et peut-être dénudé qui sort de ton lit.

STELLA : Ne te surestime pas ! Je veux juste éviter de … Enfin… Je ne veux pas te gêner !

Bernard sort du lit. Il est en boxer. Il enfile vite fait son pantalon et sa chemise.

BERNARD : Ça y est ! Je suis visible ! Bon, je dois m'en aller. Je prendrai une douche chez moi.

Stella vient à sa rencontre.

STELLA : Attends un peu, j'ai besoin de savoir.

BERNARD : Très bien ! Ce qui t'intrigue, c'est de savoir comment je me suis retrouvé dans ton lit, pourquoi j'y étais à moitié nu et surtout s'il s'est passé…

STELLA : S'il s'est passé quoi ? Non, je veux juste me renseigner auprès de ta personne quant à la raison qui t'a poussé à passer la nuit auprès de moi !

BERNARD : Oh, que j'aime ton phrasé… Je ne dirai rien !

STELLA : Et pourquoi ? Tu as quelque chose à te reprocher ?

BERNARD : Non, je n'éprouve que de la fierté en ce moment, mais si ma petite amie venait à l'apprendre… Tu comprends ?

Stella se laisse tomber comme une masse sur le lit. Bernard s'agenouille devant elle.

BERNARD : De quoi as-tu peur ? On n'a rien à se reprocher. C'est arrivé c'est tout ! Même ta mère est au courant !

STELLA : Quoi ? Comment ça ? Attends, je rêve ! Je cauchemarde ! Je suis en plein délire ! Ma mère ! Et… et… et… elle sait quoi exactement ?

BERNARD : Elle sait que nous sommes partis ensemble puisqu'elle m'a d'ailleurs demandé de te raccompagner. Elle a insisté, devrai-je dire ! Tu vois, j'ai même eu un encouragement de sa part !

STELLA *(médusée)* : Ma mère a insisté pour que je parte avec toi ? Mais que je parte d'où ? Je ne comprends plus rien ! D'ailleurs je ne me souviens de rien !

BERNARD : Ce n'est pas la fin du monde ! On s'en remettra !

Stella se lève, elle marche comme un automate, descend les deux marches et vient s'asseoir sur le canapé. Bernard la rejoint, le sourire aux lèvres, la démarche assurée.

BERNARD : Ma petite Stella, pourquoi faut-il toujours que tu crois ce que l'on te raconte ?

STELLA : Comment ça ? Tu veux dire que tu es en train de te moquer de moi ?

BERNARD *(un large sourire)* : Pas vraiment… Un petit peu seulement…

STELLA : Cela signifie que je me couvre de ridicule parce que j'ai la naïveté de te faire confiance ?

BERNARD : Si tu te voyais…

STELLA : Je te déteste !

Elle lui donne un coup de poing à l'épaule mais c'est elle qui se fait mal. Bernard se met à rire.

BERNARD : Oh mon chou ! Comme tu es mignonne quand tu t'énerves !

STELLA : Si tu ne me dis pas tout de suite ce qui s'est exactement passé, je sens que je vais vraiment m'énerver, et tu pourras dire adieu à cette espèce d'amitié bizarre qui nous lie.

BERNARD : Bon, je vais être sincère.

STELLA : Je suis honorée que tu connaisses ce mot !

BERNARD : Je te remercie pour l'image que tu as de moi !

STELLA : Allez, dépêche-toi !

BERNARD : Je t'ai pratiquement dit toute la vérité : ta mère m'a convié hier soir à te raccompagner chez toi, car tu avais un peu bu et tu étais dans un état de déprime avancé.

STELLA : Ce n'est pas possible, je ne bois jamais. Et je ne parle jamais de mes déprimes, je les garde pour moi !

BERNARD : Peut-être, mais il y a des moments où on a besoin de se confier et en ce qui te concerne c'était hier justement. Visiblement tu avais des choses à dire et il se trouvait que j'étais là !

STELLA : Mais que vient faire ma mère là-dedans ?

BERNARD : Alors tu ne te souviens vraiment de rien ?

STELLA : Je ne te poserais pas la question !

BERNARD : Très bien. Hier soir, tu étais invitée par ta mère…

STELLA *(l'interrompant)* : … pour Noël ?

BERNARD : Non Stella ! Noël, c'était il y a deux jours !

STELLA *(l'air perdu)* : Tu en es sûr ?

BERNARD : Plus maintenant ! D'ailleurs moi aussi je me demande comment j'ai pu atterrir dans ton lit ! …Et pourquoi suis-je si courbaturé ? Vu ta mine, on n'a pas dû s'ennuyer tous les deux ! … Mais oui, j'en suis sûr !… Je peux poursuivre ?

Stella fait oui de la tête.

BERNARD : Bien ! Ta mère t'a invitée pour son anniversaire…

STELLA : Ce n'est pas possible, c'est dans six mois !

BERNARD : Il y avait un gâteau et tout le tralala !

STELLA : Ah oui c'est vrai ! Elle a décidé de le fêter deux fois par an !… Et toi que faisais-tu là ?

BERNARD : Ta mère m'a téléphoné dans l'après-midi !

STELLA : Mais elle te connaît à peine ! Elle t'a juste croisé une ou deux fois ! D'ailleurs comment a-t-elle eu ton numéro ?

BERNARD : Elle me l'a simplement demandé la dernière fois que je l'ai vue !

STELLA : Tu n'as pas trouvé ça bizarre ?

BERNARD : Tu sais, dès qu'une jolie femme a besoin de me contacter, je n'exprime aucune réserve pour lui donner mes coordonnées.

STELLA : Mais bien sûr !... On parle de ma mère ! J'ai passé l'âge qu'elle demande les numéros de téléphone des parents de mes amis pour savoir où je suis, avec qui, et ce que je fais. J'en ai assez.

BERNARD : Toujours est-il qu'elle m'a invité ! Elle m'a raconté que sans moi, vous auriez été treize à table, et qu'elle craignait que cela ne lui porte malheur !

STELLA : Et c'est à toi qu'elle a pensé ! Elle aurait pu appeler le voisin !

BERNARD : Merci, c'est charmant !

STELLA : Ce n'est pas ce que je voulais dire ! Elle l'a fait exprès ! Elle se mêle toujours de ma vie. Elle croyait sans doute que j'avais besoin d'un cavalier pour la soirée. Si elle savait que je n'ai besoin de personne. Elle cherchait à nous rapprocher et toi tu es tombé dans le panneau !

BERNARD : Mais pas du tout ! Je l'avais bien compris et ce petit jeu m'a plu !

STELLA : Et je suis encore passée pour la plus imbécile des filles ! Cette pauvre chérie qui n'a personne dans sa vie et qui a besoin de l'intervention de sa maman pour être accompagnée ! Voilà sans doute pourquoi j'étais déprimée comme tu dis !

BERNARD : Ceci étant, tu as commencé à boire un peu de champagne !

STELLA : Je n'aime pas le champagne !

BERNARD : C'est bien ce que je pensais, mais tu en as avalé deux coupes ! Et il faut bien dire que tu as commencé à rire, à parler un peu fort ! Visiblement la soirée t'ennuyait. Sur ce, ta chère mère m'a demandé de te raccompagner ! Tu t'es un peu endormie dans la voiture ! Et puis j'ai dû te porter jusqu'ici. Je t'ai posée sur la chaise et j'ai vite ouvert le lit armoire. D'ailleurs, c'est pas mal ce genre de mobilier, ça ne prend pas de place une fois refermé, et franchement on y dort bien !

STELLA *(impatiente)* : Bernard !

BERNARD : Ah pardon, je m'égare ! Je t'ai donc guidé de la chaise au lit car tu ne tenais pas vraiment bien debout. Et puis…

STELLA *(soucieuse)* : Et…

BERNARD : Tu as commencé à te déshabiller… Tu m'as demandé de t'aider à enfiler ton tee-shirt pour la nuit. Ne t'inquiète pas tu étais très décente. Et puis j'ai voulu te préparer du café mais…

STELLA : J'ai horreur du café ! Je n'en ai jamais !

BERNARD : Je sais ! J'ai dû te faire une tisane !

STELLA : Et après ?

BERNARD : Je t'ai retrouvée assise sur ton lit, les larmes aux yeux ! Tu semblais revenue à la raison. Tu m'as demandé de rester avec toi, tu en avais assez d'être seule, de te sentir seule, tu semblais tellement triste. Tu as débité des phrases et des phrases parfois incohérentes et puis tu me demandais ce que j'en pensais. Je te répétais toujours la même chose, j'ai essayé de te remonter le moral, alors tu paraissais mieux et la minute d'après c'était reparti *(l'imitant)* : « pourquoi ne s'intéresse-t-on qu'à moi que lorsqu'on a un problème ? Pourquoi personne ne m'aime pour ce que je suis vraiment ? … »

STELLA : Et puis ?

BERNARD : Et puis… c'est tout !

STELLA : Comment se fait-il que tu te sois retrouvé à moitié nu dans mon lit ?

BERNARD : Tu as insisté pour que je reste près de toi. *(Il l'imite encore.)* « Oh, Bernard ne t'en va pas, tu peux rester dormir ici ? » Alors, tu as continué à parler, et parler et puis j'ai du m'endormir ! Je me suis réveillé au milieu de la nuit, tu dormais comme un bébé, tu semblais apaisée. J'aurais pu te laisser, mais j'étais fatigué. Je me suis mis un peu plus à mon aise, c'est tout !

STELLA : Et il ne s'est rien passé d'autre ?

BERNARD *(le sourire aux lèvres)* : Si !

STELLA : Quoi ?

BERNARD *(ménageant le suspense)* : Je ne sais si je dois te le dire !

STELLA *(légèrement agacée)* : S'il te plaît !

BERNARD : A un moment donné, tu t'es retournée et tu m'as donné un coup de poing !

STELLA *(tout bas)* : Sans doute l'habitude d'avoir le lit pour moi toute seule !

BERNARD : Pardon ?

STELLA : C'est tout ? Et maintenant, tu vas rire ?

BERNARD : Tu es mignonne quand tu dors, tu t'étires de temps en temps comme un chat, tu as les pieds froids…

STELLA : Stop ! Bon. *(Elle se lève.)* Il faut que je me prépare. J'ai faim et…

BERNARD : Je dois m'en aller ! Je vais être en retard !

STELLA : Ah ! … D'accord. Alors, excuse-moi de t'avoir retenu, enfin, je veux dire… cette nuit ! Pardon d'avoir pris de ton temps et oublie toutes les bêtises que j'ai pu raconter !

Bernard se lève, prend son manteau et s'avance vers Stella pour lui faire la bise.

STELLA : Le bonjour à ton amie Lætitia !

BERNARD : Ah, non c'est fini avec elle. J'ai rencontré Cécile, c'est une fille bien !

STELLA : Je n'en doute pas ! Allez à bientôt !

BERNARD : En cas de soucis appelle-moi !

Ils se séparent. Stella se retrouve seule. Elle va dans la salle de bain pour se préparer.

Scène 2

A peine est-elle entrée dans la salle de bains qu'on frappe à la porte de façon énergique. Elle ressort, se dirige vers la porte et l'ouvre. Sa mère fait une entrée fracassante ! Elle est vêtue d'une robe en voile blanc, et d'un chapeau assorti. Elle embrasse sa fille du bout des lèvres.

OLGA : Bonjour ma chérie !

STELLA : Mais je t'en prie maman ! Je t'invite à entrer !

OLGA : Ton lit n'est pas fait ! Quel bazar !... Je t'apporte à manger ! Voici de quoi te régaler… Allez, je file, ton père m'attend en bas !

STELLA *(toujours près de la porte d'entrée)* : Oh, comme c'est dommage !

Elle sourit tout en regardant dans le vide.

STELLA *(ironique)* : Je te vois si peu maman !

OLGA : Tu devrais te faire couper les cheveux !

STELLA : L'autre jour tu m'as dit que les cheveux plus longs m'iraient bien.

OLGA : Oui, mais pas aujourd'hui.

STELLA : Très bien, et à part ça ?

OLGA : Tu te nourris mal ! Arrête avec les chocolats. Appelle tes amis et sors, tu n'es pas drôle ! Comment peux-tu vivre comme une recluse ?… Regarde-toi, tu as grossi ! Et avec toute la danse que tu fais, je ne comprends pas que tu ne te tiennes pas droite !

STELLA : Maman, arrête !

OLGA : Je te dis ça pour ton bien.

STELLA : Maman !

OLGA : Dis donc, c'est triste ici ! Enfin, tu aurais pu faire un effort, et décorer un peu ton intérieur ! Ma chérie, la fin de l'année se fête ! Pour Noël tu n'as rien fait, pas de sapin, pas de guirlandes, alors sois inventive pour la nouvelle année !

STELLA : Maman, quelle importance !

OLGA : Comme toujours tu n'en fais qu'à ta tête ! Au fait, tu es seule ?

STELLA : Mais oui, pourquoi ?

OLGA : Question idiote ! Bien, je te laisse. Je repasserai plus tard ! Et arrange-toi un peu !

STELLA : J'allais justement…

On frappe à la porte.

STELLA : Décidément, c'est le défilé ce matin !

Elle ouvre, sa mère est près d'elle sur le point de partir. Walter fait son entrée.

STELLA : Hello Walter, come in !

WALTER *(l'accent américain très prononcé)* : Bonjour jolie demoiselle !

Olga semble interloquée. Elle attend qu'on la présente au jeune américain.

STELLA : Oh pardon ! Maman, je te présente Walter, mon nouveau voisin. Il vient de Washington.

WALTER : Comment allez-vous, belle madame ?

OLGA : Enchantée !

STELLA : Entre Walter, installe-toi !

OLGA *(tout bas)* : Comment peux-tu recevoir un si charmant garçon en cette tenue ? Et dans un appartement sans dessus dessous de surcroît !

STELLA *(tout bas)* : Si seulement j'avais eu le temps de me préparer. *(Tout fort)* : Si cela ne vous dérange pas, je vais prendre une douche. Pendant ce temps, je vous laisse faire connaissance.

Olga semble désarmée. Elle regarde sa fille de façon insistante. Puis va s'installer sur le canapé auprès de Walter. Stella va dans la salle de bains.

WALTER : Votre fille est très sympathique.

OLGA : Elle a de qui tenir, n'est-ce pas ?

WALTER : Je suis content de vous connaître.

Un silence s'établit entre eux. Olga tente de regarder discrètement Walter. Elle le scrute de bas en haut. Walter lève les yeux au plafond puis tourne la tête vers Olga. Ils se retrouvent nez à nez ! Olga se racle la gorge et détourne le visage.

OLGA : Alors vous êtes américain ! Et vous comptez vivre en France définitivement ?

WALTER : Oh, je ne sais pas encore. Je suis des cours à la Sorbonne. Et je travaille « beaucyoup » mon français.

OLGA *(ironique)* : Cela s'entend !

WALTER *(avec une certaine difficulté d'accentuation)* : Alors, heureuse ?

OLGA : Je vous demande pardon ?

WALTER : Heureuse ?

OLGA : Je… je ne sais pas et vous ?

WALTER : Moi oui, et vous ?

OLGA : Je suis très embêtée, parce que je ne saisis pas tout ce que vous dites et je ne voudrais pas vous offenser, vous avez un accent très sympathique mais tellement prononcé que…

WALTER : Qu'est-ce que c'est : « aimbèté », « offennesé » ?

OLGA : Eh bien, embêtée, c'est comme ennuyée.

WALTER *(vexé)* : « Vu vu ennouillé » avec moi ?

OLGA : Mais pas du tout, cher ami, je ne « m'ennouille » pas du tout !

WALTER : Ah ! Voilà !

Silence.

OLGA : Et vous avez un peu de famille ici ? Des amis ?

WALTER : Stella est mon amie. Elle est très gentille et très « accouillante ».

OLGA : Pardon ?

WALTER : « Accouillante » ! C'est comme ça qu'on dit chez «vu ». Nôn ?

OLGA *(sans conviction)* : Ah ! Euh… Oui ! Mais oui !

WALTER : Bon ! Je n'ai pas de famille ici. Je vis tout seul à l'étage en dessous ! Et j'ai rencontré un jour Stella dans l'escalier. De temps en temps je viens la voir. C'est une vraie amie et elle sait écouter les gens ! Elle est « syouper ». Pardon je ne sais bien pas prononcer le « u ».

OLGA : Le « u » ou le « ou ».

WALTER : Le … Well, je ne sais pas !

OLGA *(à elle-même)* : A moi de me débrouiller !

WALTER : Sorry ?

OLGA : Non, rien ! Continuez, c'est très intéressant.

WALTER : Donc, votre fille m'aide et m'écoute « beaucyoup » ! Parce que c'est difficile ici, je ne comprends pas « tujurs » le vocabulaire…

OLGA *(à elle-même)* : Et moi donc !

WALTER : Elle est vraiment « syouper », parce que je sais que je peux compter sur elle ! Mais dans les « Etats-Ounis », j'ai ma famille, mes amis, et je ne vis pas seul.

OLGA *(rassurée)* : Ah ! Vous avez quelqu'un dans votre vie !

WALTER : Oui, je vis avec mon « copaine » !

OLGA : Vous voulez dire votre copine !

WALTER : Non, mon copain, my boyfriend !

OLGA *(tout bas)* : C'est dommage pour Stella ! Encore une chance de la caser qui s'envole !

WALTER : Vous dites ?

OLGA : Oh, rien ! Racontez-moi !

WALTER : Voilà ! Alors, mon petit copain me manque. Mais j'ai accroché un poster de lui dans ma chambre et je l'appelle souvent.

OLGA : Ce doit être difficile pour vous !

WALTER : Je suis très occupé à mon français.

OLGA : A votre copain français ?

WALTER : No ! Le vocabulaire, la grammaire, la conjugaison, c'est trop difficile. So, je n'ai pas toujours le temps de penser à mon chéri, alors ça va bien. Et avec Stella, je peux me confier. C'est bien !

OLGA : Oui, s'il y a bien une chose que je n'ai pas à lui reprocher est qu'elle est très à l'écoute des autres, mais elle s'oublie…

WALTER : C'est bien vrai. Stella devrait être plus…

OLGA : Coquette !

WALTER : Qu'est-ce que c'est ?

OLGA : Elle devrait s'arranger un peu plus, prendre soin d'elle, se maquiller davantage…

WALTER : Oui, mais elle a des produits de beauté intéressants. J'aime beaucoup sa crème pour les mains. J'ai acheté la même. Mais je n'en ai plus ! J'en mets tous les jours. Je ne peux pas vous serrer la main aujourd'hui, parce que je ne n'ai pas mis de crème et ma peau est trop sèche !

OLGA : Ne vous embarrassez pas pour si peu !

WALTER *(toujours d'humeur bavarde)* : Dans la nuit, je me suis fait piquer par un moustique deux fois au visage. Une fois sur le front, et une fois sur le menton. Alors, je n'ai pas pu me raser sur le menton, quelle horreur, parce que ça gratte et je ne veux pas avoir d'irritation. Donc, j'ai un bouton rouge avec des poils dessus ! Voilà !

OLGA : Passionnant ! Très intéressant ! Un moustique en plein décembre ! Vraiment, je passe un moment délicieux avec vous ! Mais il va falloir que je parte !

Stella sort de la salle de bain, un tube de crème à la main. Olga et Walter se retournent.

STELLA : Maman, tu es encore là ? Je croyais que papa t'attendait en bas.

OLGA *(en se levant)* : Je parlais avec ton ami. Ses propos sont très pertinents. Un vrai régal !

WALTER : Merci, jolie madame.

OLGA : A bientôt cher ami. Peut-être aurons-nous l'occasion de nous revoir !

WALTER *(en se levant)* : Vous venir très souvent ici ?

STELLA *(fixant sa mère du regard et s'exprimant avec insistance et ironiquement)* : Très souvent… Maman, ne fais pas attendre papa plus longtemps. Je m'en voudrais qu'il me reproche de t'accaparer !

Olga se dirige vers la porte, s'approche de sa fille pour l'embrasser.

OLGA : Je vous laisse ! *(Tout bas)* En tous cas, il prend plus soin de lui que toi de toi ! Tu devrais prendre exemple ! Et puis en plus, tu as l'occasion d'avoir un petit pied-à-terre aux Etats-Unis ! C'est intéressant, n'est-ce pas ?

STELLA : Maman, je t'en prie !

OLGA : Oh là là ! Je plaisante ! Tu ne comprends pas l'humour !

STELLA : Ah, c'était de l'humour ! Alors, je ris !

OLGA *(tout fort)* : Au revoir !

Olga quitte la scène.

Stella reste près de la porte d'entrée.

STELLA : Et voilà, en trente secondes, j'ai compris tous les problèmes de mon existence : je suis grosse et j'ai l'air déprimé, ma coupe de cheveux ne me va pas, je ne me tiens pas droite, je ne suis pas drôle et visiblement je ne fais rien de bien !

Elle se fige. Son regard trahit une pointe de tristesse.

Scène 3

WALTER : Stella ?

Stella pousse un soupir, revient à elle et invite Walter à se rasseoir. Elle le rejoint.

STELLA : Alors Walt, tu vas bien ?

WALTER : Je me sens un peu « pertyourbé » !

STELLA : Et pourquoi donc ?

WALTER : Tu pourrais me passer un peu de crème ?

Elle lui prête son tube.

WALTER : Au fait, je ne te dérange pas ? Tu avais « sourement » des choses à faire ?

Stella regarde autour d'elle. Walter se passe de la crème sur les mains puis Stella en fait de même.

STELLA : Tu ne me déranges pas voyons ! Tu sais bien qu'on ne me dérange jamais ! Je dois débarrasser un peu mais cela peut attendre. Alors ?

WALTER : Hier soir, j'ai appelé les « Etats-Ounis », je voulais parler à mon boyfriend, et il n'était pas là !

STELLA : Et ?

WALTER : C'est tout ! Je suis triste. Il me manque, et il n'a pas répondu.

STELLA : Il est simplement sorti. *(Tout bas.)* Lui au moins, il sort !

Walter pose le tube de crème sur la petite table près de lui.

WALTER : Mais, nous avons fixé une heure précise pour s'appeler ! Il aurait pu attendre. C'est vrai j'ai appelé un peu plus tard que d'habitude.

STELLA : Tu sais, ce n'est pas toujours très amusant d'attendre près du téléphone. *(Elle fronce les sourcils.)* J'en sais quelque chose ! Les gens ne se rendent pas compte qu'on est là à espérer un signe de vie d'eux, pendant qu'ils s'éclatent sans aucun problème de conscience.

WALTER : Qu'ils s'éclatent ? Qu'est-ce que c'est ? Qu'ils explosent ? Boom !

STELLA : C'est ça, boom !

WALTER : Alors qu'est-ce que je fais ? Je le rappelle ?

STELLA : Laisse-le te rappeler. Fais-toi désirer !

WALTER : Oui, d'accord ! Mais s'il avait une maîtresse ?… Peut-être qu'il ne m'aime plus.

STELLA : Mais non voyons ! Une maîtresse ! Il aime les filles ?

WALTER : Non ! Tu crois qu'il est avec une fille ? Oh, my God !

Walter se lève, horrifié. Il tourne en rond et se retourne.

WALTER : Oh, my God ! Oh, my God ! Ce n'est pas possible !

Stella se lève aussi et pose ses mains sur ses épaules.

STELLA : Calme-toi Walter ! Tu t'es trompé !

WALTER : Je suis trompé… par quelqu'un ?

STELLA : Non Walt. Cela ne se dit pas !

WALTER : Ça ne se dit pas ? Tu sais quelque chose et tu ne veux rien me dire ?

STELLA : Walt, je ne sais rien du tout ! Je t'en prie, calme-toi !

Walter est dans tous ses états ! Il a posé ses mains sur ses joues et répète « Oh my God ! » continuellement.

STELLA : Ecoute-moi, tu m'as parlé de « maîtresse » le premier. Mais si tu considères que ton ami n'aime que les hommes, alors il faut dire amant ! *(Tout bas)* Oh, je sens que je m'enfonce !

WALTER : Un amant ? Qui cela peut-il être ? Stephen, Alan, David ? Qui ? Stella, tell me !

STELLA : Tu te fais un film !

Elle le force à s'asseoir.

STELLA : Tu crois qu'il a un amant, mais ce n'est pas le cas. Ce sont des suppositions !

WALTER : Alors pourquoi tu as dit… ?

STELLA *(l'interrompant)* : Je n'ai rien dit. C'est toi qui affabule !

WALTER : Qu'est-ce que c'est ?

STELLA : Walt, laisse tomber !

WALTER : Je ne peux pas l'oublier !

STELLA *(au bord du précipice)* : Mais non pas lui. Ton français te fait défaut !… Bon, ne t'inquiète pas pour rien et n'apporte pas de conclusion hâtive ! OK ? Je suis sûre qu'il va bientôt t'appeler. Je le sens ! Il a dû faire une course au moment où tu lui as téléphoné et rien de plus !

WALTER *(qui tente de se calmer)* : Tu crois ? Bon, je vais attendre. Tu as raison, jolie Stella.

STELLA : Merci de m'appeler ainsi. *(Tout bas.)* Tu es bien le seul !

Walter se lève, se dirige vers la porte.

WALTER : Je te laisse, j'ai de la conjugaison à faire. A plus tard, see you.

STELLA : C'est ça, à plus tard…

Il sort.

STELLA : Et je vais très bien, merci !

Scène 4

Stella se lève et se met à débarrasser, ranger, mettre enfin de l'ordre.

STELLA : Ah, quelle matinée éprouvante ! Et dire que je commence à peine mes vacances ! Bon… Un petit peu de ménage pour remettre de l'ordre dans ma tête !… Pauvre Walter, je n'ai peut-être pas été assez à l'écoute ! Et puis zut ! Je lui rendrai une petite visite plus tard !

Le téléphone sonne. Stella va répondre.

STELLA : Allô ?… Oh salut Bernard… Non tu ne me déranges pas ! Tu sais bien qu'on ne me dérange jamais… Oh pardon si je répète toujours la même chose, mais c'est juste pour mettre mes interlocuteurs à l'aise. Alors ?… Ah bon ? Et vers quelle heure veux-tu passer ? Bon, d'accord, mais c'est plutôt midi ou plutôt deux heures ?… Entre les deux !… Oui !… Non, non ! Je ne bouge pas ! Je ne compte pas sortir, je reste un peu à la maison, je n'ai pas de répétitions en ce moment ! … OK… Je t'attends… Alors à tout à l'heure !

Stella raccroche et reste figée devant le téléphone.

STELLA *(légèrement énervée et contrariée)* : Quelle idiote je fais ! *(Elle s'imite.)* «Non tu ne me déranges pas ! » « Je ne bouge pas ! » « Je t'attends ! » Mais ça ne va pas la tête ! Je ne suis pas à sa disposition ! Monsieur veut passer, j'aurais pu lui dire que je n'étais pas libre. Moi aussi je peux avoir des choses à faire. Ce n'est pas parce que je suis en vacances, que je travaille mes pliés, mes développés à la maison que je suis là pour tout le monde. Lui comme les autres doivent penser que je ne fais rien de spécial de ma vie, que je suis toujours entre mes quatre murs, disponible à n'importe quelle heure… Et ils ont raison ! ! ! D'accord, cela me fait plaisir qu'il vienne, mais c'est trop facile ! Et est-ce qu'il vient pour déjeuner ? Dois-je manger avant ? Dois-je l'attendre et lui préparer quelque chose ? Oh zut ! Pourquoi ne lui ai-je pas demandé ? Voilà, je vais m'asseoir sur le canapé et cogiter !… Et mon ménage !

Stella fait les cent pas. Le téléphone sonne à nouveau.

Elle répond.

STELLA : Allô ? *(Enjouée.)* Ah salut copine ! Tu vas bien ?… Non, tu ne me déranges pas !

Elle regarde loin devant elle. Elle pose la main sur l'appareil.

STELLA : Il faudra que j'arrête de dire ça !

Elle retire sa main.

STELLA : Alors ? Ça me fait plaisir que tu m'appelles ! C'est sympa !… Pardon ? Tu es déprimée ? Ah !… *(Ironique tout à coup.)* Ah bon ? C'est gentil d'avoir pensé à moi ! Tu t'es dit : tiens je vais appeler Stella, *(tout bas)* elle au moins, elle ne me dira pas qu'elle est tombée enceinte ! Donc, ça la rassure quant à ses questions existentielles !… *(Fort)* Mais oui, je sais bien que toutes tes amies sont mères de famille depuis peu, que ça te remet en question. Aussi quand tu m'appelles, tu te dis que tu n'es pas la seule à ne pas avoir d'enfant… Oui ! Oui !… Non !… Mais qu'en dit ton mari ?… Ah… Oui ! Oui, oui, oui !

Stella fait les cents pas et se cogne dans la petite table. Elle se prend les pieds dans le fil de la lampe.

STELLA : Oui, je suis toujours là. J'ai juste failli faire un vol plané. Ce n'est rien. Mais vas-y continue. Je t'écoute ! … Oui, oui, oui…

Stella commence à se ronger les ongles. Elle fatigue.

STELLA : Ah ! Tu crois que je ne me pose pas toutes ces questions ? Toi au moins tu as quelqu'un auprès de toi. Si tu veux un bébé, fonce !

Elle regarde autour d'elle, l'air un peu ailleurs.

STELLA : Oui, je suis là. J'entends un bruit au loin…
Ah, c'est ton mari… Il vient te chercher pour
t'emmener au bord de la mer ? C'est génial !…
Oui !… Mais non ! Ne t'inquiète pas. Tout vient à
point à qui sait attendre !

*Stella regarde au loin. Ses yeux s'emplissent de
désespoir.*

STELLA : D'accord. Eh bien je suis là, je pense, cet
après-midi. Si tu veux m'appeler, n'hésite pas !…
OK, salut !

Stella raccroche.

STELLA : Et je vais très bien ! Merci !… Bon,
maintenant c'est au tour du répondeur de travailler !

*Stella se dirige comme un automate vers le canapé.
Elle s'assied en se laissant choir comme une masse.*

STELLA : Je veux mourir ! Et dire que je lui ai
proposé de me rappeler si elle en éprouvait le besoin !
Le besoin : mais que dis-je ! L'intérêt ! Quelle idiote
je suis !

Stella imite les sanglots.

STELLA : Oh, mais quelle cruche ! Comment m'enfoncer un pieu dans le dos ? Il suffit de m'appeler ! Stella : roue de secours !

Elle se lève. Elle marche comme attirée par un radar ! Elle remonte les deux marches qui la mènent à son lit. Elle commence à le faire.

STELLA : Oh mon lit ! Un grand lit pour moi toute seule ! C'est tellement chouette de pouvoir se tourner dans tous les sens, dormir en diagonale, picorer dans mon lit, lire tranquillement ! Le bonheur quoi !

Stella fait du vent avec les draps.

STELLA : Et dire qu'il n'y a que moi qui le refais tous les matins ! Personne ne partage la tache difficile quant à savoir quelle couleur je vais choisir pour les draps ! Chouette ! (Tendrement.) Oh ! Il a dormi ici !

Elle fait le tour du lit et s'assied là où Bernard a passé la nuit !

STELLA : Oh, comme il était chou !

Elle soupire de bien-être puis sourit.

STELLA : Et dire qu'il n'a pas pu rester pour prendre le petit déjeuner avec moi ! Mais au fait, *(en se redressant)* je n'ai pas mangé !… Oh ! Il dormait comme un bébé ! *(En se levant.)* Je suis folle ou quoi ? Je ne tourne pas rond ! Ma pauvre petite ! L'habitude de parler toute seule !!! Bon allez, un peu de nerf. *(Tout en refermant le lit.)* Ensuite, je vais avaler un petit jus et puis faire de l'exercice !

Elle va dans sa petite cuisine tout en fredonnant. Et ressort avec un jus d'orange dans la main qu'elle avale d'une traite. Elle y retourne poser son verre.

STELLA : Ce petit jus était un régal ! Et je n'ai à le partager avec personne. Tant mieux !

Elle ressort de la cuisine. Elle frappe dans ses mains.

STELLA : Bon, il est temps de répéter un peu. Me défouler ne me ferait pas de mal. Oh, comme je déteste parler toute seule ! Mais bon, il faut bien que je me confie à moi-même. Je m'écoute, je ne m'interromps pas et je suis toujours d'accord avec moi. Bref ma meilleure confidente c'est moi !!! Et au moins je sais que je ne me dérange pas et que je suis toujours disponible pour moi ! Et si je me préparais pour danser un peu ? Je pense que c'est une bonne idée que moi avoir en attendant le Don Juan de service qui ne sait pas s'il vient plutôt vers midi ou plutôt vers deux heures ! Bon ! Finis la causette ! Passons aux choses sérieuses ! Tout va bien. Je suis tranquille. Personne n'a besoin de rien ?… Personne ne répond ?… C'est normal, il n'y a pas âme qui vive autour de moi ! Et c'est super, aucune contrariété de la part d'autrui ! Bien, conclusion je débloque complètement !

Elle se dirige vers la salle de bains et ferme la porte. Elle fredonne à nouveau. Le téléphone sonne et le répondeur s'enclenche au bout de trois sonneries. La porte de la salle de bains s'entrouvre. La voix de Stella se fait entendre sur la machine : « Bonjour, vous êtes bien là où vous pensez être, il n'y a personne pour l'instant, mais vous pouvez laisser votre message. Merci. »

STELLA *(tout fort et de façon ironique)* : Génial le message ! Eh oui ! Il n'y a personne, ce n'est pas demain la veille que je dirai : « Nous ne sommes pas là pour l'instant… »

REPONDEUR : Allô ! C'est ta mère ! Tu es là ? *(Silence.)*

STELLA *(de loin)* : Non, je ne suis pas là !

OLGA : Tu es là, ma fille ? Tu es sortie ? Mais où peux-tu bien être ?

Silence.

STELLA *(de loin)* : Dans la salle de bains !

OLGA : Allons décroche ! Tu es occupée ?

STELLA *(de loin)* : Oui, ça m'arrive !

OLGA : Chérie…

STELLA *(de loin)* : Ça y est, le pieu va s'enfoncer !

OLGA : Ma chérie…

STELLA *(de loin)* : Oui maman !

OLGA : Je t'appelle parce que j'ai trouvé que tu avais une petite mine ce matin et je m'inquiète. Tu comprends, j'ai tellement peur que tu te nourrisses mal, que tu te fatigues trop. Et puis il faut que tu sortes un peu. Tes amis, je veux bien, mais tu dois envisager de faire de nouvelles connaissances. Tu sais les roses se fanent si tu ne les arroses pas et toi tu ne fais rien pour rester resplendissante.

STELLA *(de loin)* : Merci maman.

OLGA : Regarde-moi, je suis plus vielle que toi et…

STELLA *(de loin)* : Normal !

OLGA : …et je m'habille plus jeune que toi, je m'amuse, je prends soin de ma petite personne, je vis ! Au fait que s'est-il passé quand Bernard t'a ramenée ? J'ai oublié de te le demander tout à l'heure !

Le répondeur s'arrête. Un bip bip se fait entendre.

STELLA *(de loin comme si sa mère était dans le salon)* : Rien, il ne s'est rien passé. Et d'ailleurs, c'est un ami et rien de plus. Et tant mieux.

La porte d'entrée s'ouvre doucement, Bernard laisse passer son visage. Il entend les propos de Stella.

STELLA *(de loin)* : Bernard passe son temps à courir à droite à gauche, à sauter sur tout ce qui bouge, je devrais dire tout ce qui a les cheveux blonds et très longs, les yeux bleus et des jambes d'un kilomètre !…

Bernard disparaît.

STELLA *(de loin)* : Maman, tu es là ?… Ah oui c'est vrai ! Début de folie sans doute !

Le téléphone sonne à nouveau. Trois sonneries. Répondeur.

OLGA : C'est encore moi ! Ton répondeur m'a raccroché au nez. Quelle imbécile, cette technologie ! Bon, tu me tiendras au courant. Enfin, s'il avait dû se passer quelque chose avec lui, il y a longtemps qu'il aurait bougé le petit doigt. Remarque, c'est peut-être à cause de toi. Si tu le regardes avec tes yeux de merlan frit, alors c'est normal qu'il ne fasse rien. Tu ne te maquilles pas, il y a des années que tu as la même coupe de cheveux, il te manque un petit zeste de charme.

STELLA *(de loin)* : Tu l'as gardé pour toi chère maman.

OLGA : Tu dois tenir ça de ton père !

STELLA *(de loin)* : Bien sûr !

OLGA : Je vais organiser une soirée avec beaucoup beaucoup de gens, de nouvelles relations, des personnes de ton âge, aussi si tu es libre…

STELLA *(de loin)* : Je te vois venir !

OLGA : Que dis-je ! Tu es tellement disponible, que ta venue ne devrait pas poser de problème ! Bon, je t'embrasse. A plus tard !… Je me demande où tu es ! Allez bye !

STELLA *(de loin)* : Bye ! Comment faire en sorte que je me sente bien ? Appelez Stella à n'importe quelle heure de la journée ou de la nuit.

Elle sort de la salle de bains en tenue de danse : justaucorps blanc à fines bretelles, et caleçon noir, chaussons noirs, une serviette autour du cou. Elle allume sa mini-chaîne, s'approche de sa barre, pose sa serviette au bout de celle-ci. Puis elle commence les pliés, enchaîne avec les dégagés, et entame un travail sur les bras, les développés, les exercices d'assouplissement. Le rythme s'accélère. Elle se place au milieu de la pièce et travaille les fessiers, les hanches, à droite, à gauche, devant, derrière !
La porte d'entrée s'ouvre. Le visage de Bernard apparaît puis il passe un bras, une jambe, rentre très doucement et referme la porte sans la faire claquer. Il s'immobilise et observe Stella dans ses exercices. Il la regarde de bas en haut, suit ses mouvements de la tête et sourit. Il croise les bras.

Stella fait une pirouette, une deuxième, se retourne, puis se détourne et s'immobilise. Elle tourne le dos à Bernard, le regard fixe et interrogateur. Elle se redresse et ne bouge plus ! Bernard non plus. Il attend, un grand sourire aux lèvres.
Stella se racle la gorge. Elle se dirige lentement vers la barre, récupère la serviette, la met autour du cou. Enfin, elle arrête la musique. Puis s'appuie sur la barre.

BERNARD : Très joli, le petit déhanché, ce petit mouvement des fessiers, très très…

STELLA *(peu convaincante)* : Oh, salut Bernard, tu étais là ?

BERNARD *(toujours souriant)* : Oui, j'étais là !

STELLA : Je ne t'ai pas entendu sonner.

BERNARD : J'ai frappé, mais pas de réponse de ta part ! Alors je me suis permis d'entrer !

STELLA *(un peu gênée)* : Tu as bien fait. Mais j'aurais pu être…

BERNARD : En petite tenue ? Voyons après la nuit torride que nous avons passé, toi qui as failli vomir sur moi, je sais tout de toi, plus de petits secrets entre nous ! Et tu n'es pas très habillée non plus !

Stella se racle encore la gorge.

STELLA : Tu comptes rester près de la porte longtemps ?

BERNARD : Ne t'arrête pas pour moi, ma chérie ! Continue tes exercices. D'ici j'ai une vue imprenable sur…

STELLA : Bernard !

BERNARD : Stella ! Tu comptes rester devant la barre encore longtemps ? Je t'ai sentie raide tout à coup dans tes déplacements ! Je me trompe ?

STELLA : Bon, qu'est-ce qui t'amène ?

Bernard descend les deux marches et s'installe sur le canapé. Stella le rejoint. Elle étire ses jambes et ses bras puis se détourne un peu vers lui.

STELLA : Tu as faim ou soif peut-être ! *(Tout bas, elle réalise.)* Zut, pourvu qu'il dise non ! Je n'ai pas fait les courses !

BERNARD : Non, je n'ai besoin de rien !

STELLA *(soulagée)* : Ouf !

Bernard est interloqué.

STELLA : Enfin, je veux dire que je n'ai pas à me déplacer ! Tu comprends, j'ai un peu les jambes en coton ! Alors ? Ça va ce matin ?

BERNARD : J'ai un problème, je suis tombé amoureux de Cécile, mais je pense toujours à Laëtitia. Elle m'a appelé ce matin et je ne sais pas quoi faire. Je suis un peu embêté.

STELLA : Eh bien romps avec Cécile si tu as Laëtitia dans la tête.

BERNARD : Mais Cécile est si adorable. Elle est grande, blonde, les cheveux longs, elle a les yeux bleus, et *(il appuie ses mots)* elle a des jambes d'un kilomètre ! Et j'aime ça !

Stella se fige.

STELLA *(tout bas)* : Tiens j'ai déjà entendu ça quelque part !

BERNARD : Je n'ai jamais su résister à la beauté !

STELLA *(tout bas)* : Qu'est-ce que tu dois me trouver laide alors !

BERNARD : Que dis-tu ?

STELLA : Rien, rien !… Et l'intelligence, a-t-elle une petite place dans ton approche de la gent féminine !

BERNARD : Mais une grande ma chérie ! Seulement, la première fois que tu rencontres une personne, que regardes-tu ? Hein ? Son apparence, sa façon de se mouvoir, de sourire, de passer la main dans ses cheveux…

STELLA *(tout bas)* : S'ils sont courts elle n'a aucune chance !

BERNARD *(ne relevant pas ce que bredouille Stella)* : … son regard, ses jolis…

STELLA : Bref, tu t'arrêtes à son physique et tu ne lui laisses aucune chance pour ce qu'elle a à l'intérieur, cette petite lumière en plus qu'il faut apprendre à découvrir, à deviner, ce plus qui ne se voit pas au premier abord. Si je résume, si une personne ne te plaît pas physiquement alors tu ne vas pas plus loin, tu ne cherches pas à la connaître, que dis-je, tu ne vas même pas l'aborder !

BERNARD : Stella, avoue que tu t'intéresses d'abord au physique d'un homme. Si tu en croises un beau dans la rue, tu te diras : tiens il est mignon, il a de belles épaules, un regard charmant, de jolies fesses… Tes yeux brillent !

STELLA : Bon, c'est vrai que je regarde, et alors ?

BERNARD : Alors, s'il n'a aucun attrait, vas-tu essayer d'imaginer s'il existe en lui une beauté intérieure ?

STELLA : Je lui laisserais une chance de me la montrer… sa beauté !

BERNARD : Menteuse !… Vous êtes toutes les mêmes !

STELLA : Non, ce n'est pas vrai…

BERNARD : Si c'est vrai !

STELLA : Non !

BERNARD : Si !

Stella ne réplique pas. Elle se tient les mains sur ses joues et se met à bouder.

BERNARD : Tu penses qu'une personne comme toi n'a pas sa chance, n'est-ce pas ?

STELLA : Comment ça une personne comme moi ?

BERNARD : Un être timide, réservé, fragile, un peu en retrait…

STELLA : Zut ! Je suis découverte !

BERNARD : Exact, tu ne peux pas le nier ! J'ai eu le temps de t'observer !

STELLA *(gênée)* : A part ça ?

BERNARD : Stella, tu parles de beauté intérieure parce que c'est ce que tu veux mettre en avant et imposer, et parce que tu as le sentiment que tu ne peux pas séduire par des signes extérieurs, ai-je raison ?

Stella ne répond pas, un peu vexée. Bernard poursuit.

BERNARD : Tu crois à tort que tu es incapable d'attirer quelqu'un par ton physique ! Détrompe-toi ma chère Stella, je suis sûr qu'il y a des gens qui te tournent autour mais tu ne les vois pas !

STELLA : Tu n'es pas ici pour parler de moi ! Et puis qui te dit que je ne les vois pas ! Peut-être que je fais semblant !

BERNARD : Allons je te connais ! Tu penses que ce genre de séduction n'est pas pour toi !

STELLA : Quel genre de séduction ? Me trimballer en mini-jupe, hauts talons, et peinturlurée pour cacher les petites imperfections de mon visage ?… Tu te trompes ! Et puis tu ne me connais pas autant que tu le crois ! Tu débarques de temps en temps, me parles de tes conquêtes et repars de plus belle !

BERNARD : Certes ! Mais avoue que…

STELLA : Bernard !

BERNARD : D'accord ! Nous reviendrons sur toi plus tard, si tu me permets l'expression !

STELLA : Mais je t'en prie, permets-toi !

Bernard se lève.

BERNARD : Stella, que dois-je faire ?

STELLA : Comment veux-tu que je le sache ? Je ne sais pas quoi te dire ! Et moi qui croyais que tu avais constamment des arguments, même à deux balles !

BERNARD : J'ai besoin d'une réponse. Tu trouves toujours quelque chose qui me mène sur la bonne route, quelque chose de percutant qui éclaire l'esprit et la vue de celui qui s'adresse à toi !

STELLA : Merci pour ces paroles mais aujourd'hui je suis en panne.

BERNARD : Je te laisse réfléchir.

Bernard fait les cent pas. Stella lève les yeux au ciel.

STELLA : Ecoute…

BERNARD : Non, prends encore ton temps !

On frappe à la porte.

STELLA *(criant)* : Oui ?

Elle se lève pour aller ouvrir.

STELLA : Oh, c'est toi Walter ?

WALTER *(entrant)* : Je suis tout excité !

STELLA : Ah bon ? Pourquoi ?

WALTER : Ça y est, c'est fait !

STELLA : Quoi donc ?

WALTER *(tout essoufflé)* : Il m'a appelé, il y a vingt minutes. Il m'a dit qu'il s'était absenté parce qu'il avait « oune » course « ourgente » à faire, il était très embarrassé.

STELLA : Tu vois, je te l'avais dit !

WALTER : Tu avais raison Stella ! Je suis si heureux !

Walter se détourne tout à coup se rendant compte de la présence de Bernard.

WALTER : Bonjour, Monsieur !

BERNARD : Bonjour !

WALTER : Comment allez-vous ?

BERNARD : Bien et vous ?

WALTER : Bien !

STELLA : Oh, Walter, je te présente Bernard, un ami. Bernard, voici Walter, mon voisin !

BERNARD : Enchanté !

WALTER *(en regardant Bernard de bas en haut)* : Et moi donc !

Silence. Des regards s'échangent sans paroles.

STELLA : Bien !

WALTER : Oh, je vous dérange peut-être ?

STELLA : Pas du tout, tu es le bienvenu !

WALTER : Je vais vous laisser !

BERNARD : Ne partez pas à cause de moi !

WALTER : Je dois y aller de « tute » façon. A bientôt, joli Monsieur.

BERNARD : C'est ça, à plus tard !

Bernard retourne s'asseoir sur le canapé.

WALTER *(tout bas à Stella)* : Ton ami est très séduisant. Je pourrais tomber amoureux de lui !

STELLA : A qui le dis-tu !

WALTER : Pardon ? Qu'est-ce que « tou » dis ?

STELLA : Rien, rien ! Walter, pense à ton copain !

WALTER : Oui, mais un petit français !

STELLA : Il est pris ! Et plutôt deux fois qu'une !

WALTER : Il est pris par toi ?

STELLA : Bien sûr que non ! Ça se saurait !

WALTER : Bon ! Invite-moi la prochaine fois qu'il vient !

STELLA : Walter, il n'aime que les filles ! Et les très belles filles !

WALTER : Je plaisante !

STELLA : On ne dirait pas !

WALTER : Salut jolie demoiselle !

STELLA : Bye !

Walter s'éclipse. Stella revient près de Bernard.

BERNARD : Il a l'air bien sympathique !

STELLA : Il l'est !

BERNARD : Mais, il m'a regardé un peu bizarrement !

STELLA : Tu veux dire de la même façon que tu as de regarder les filles !

BERNARD : Ah, je vois ! Toujours est-il qu'il me semble t'apprécier !

STELLA : C'est exact, surtout quand il a des questions sans réponse.

BERNARD : Oh ! Tu me fais penser à ce que je t'ai demandé.

STELLA : Ecoute, tes problèmes de cœur ne sont pas si graves. Tu me sembles passer d'une fille à l'autre sans aucun problème de conscience, alors, oublie les deux !

BERNARD : Tu es trop impartiale !

STELLA : Tu n'as pas l'air d'avoir de réels sentiments, ni pour Cécile, ni pour Laëtitia.

BERNARD : Je ne peux pas laisser tomber !

STELLA : Tu voudrais que je te dise ce que tu veux entendre ! Alors, reste avec Cécile ! Laëtitia, c'est du passé. Elle se pointe quand ça lui chante, et toi tu tombes dans le panneau ! Règle tes petites histoires une fois pour toute ! *(Tout bas.)* Et moi, ça me fera des vacances !

Une sonnerie se fait entendre. Bernard retire son portable de sa poche.

BERNARD : Oui ?… Oui ma puce ! J'arrive tout de suite !

Il raccroche, range son portable.

BERNARD : Bon, je vais te laisser !

STELLA : Je l'avais deviné. Alors à la prochaine !

Ils se lèvent.

BERNARD : Oui, à plus tard ! Je t'appelle. Je me dépêche. Cécile m'attend pour le déjeuner. Au fait, tu n'as pas déjeuné toi ?

STELLA : Je n'ai pas très faim.

BERNARD : J'aurai pu t'inviter à nous accompagner mais…

STELLA *(ironique)* : Quelle délicatesse de ta part ! Vois-tu, j'ai une multitude de choses à faire. Merci quand même ! D'ailleurs tu n'as pas besoin de moi pour tenir la main de ta dulcinée !

BERNARD : Très fin ! Bon, c'est comme tu veux. Bon après-midi ! Je file !

Il s'approche, lui fait une bise et s'éclipse aussitôt. Stella s'effondre sur le canapé.

STELLA *(seule)* : Il est temps que j'aille prendre l'air moi aussi, histoire de me ressourcer un peu aussi bien physiquement que moralement. Une petite douche et c'est parti ! Et dire que je suis en vacances ! Je sens que je vais vivre l'une des plus belles Saint-Sylvestre de ma vie ! *(Elle se lève.)* Allez, c'est parti pour une petite ballade, pourquoi pas un cinéma et l'apothéose de tout, les courses !

Elle s'éclipse dans la salle de bains.

ACTE II

Scène 1

Le soir. Stella rentre chez elle. Une ombre se distingue sur le canapé. Stella est chargée de sacs qu'elle laisse tomber d'un coup.

STELLA : Y a quelqu'un ? *(Tout bas.)* Bien sûr qu'il y a quelqu'un ! Quelle question ! *(Tout fort.)* Eh ! Qui va-la ? *(Tout bas.)* C'est moi le petit cambrioleur ! Mais il n'y a rien à voler ici !

Elle se saisit d'un objet qui ressemble à une batte de baseball.

STELLA *(tout bas)* : Bon, j'allume !

Stella lève les bras, prête à riposter.

STELLA : Maman ?

OLGA : Stella, je ne t'ai pas entendu rentrer ! J'ai dû m'assoupir ! Mais que fais-tu ici avec cette baguette dressée au-dessus de ta tête ?

STELLA *(confuse)* : Oh rien ! Juste un peu d'assouplissement !

Elle pose sa baguette sur les sacs. Puis enlève son manteau et l'accroche. Elle se déplace vers la cuisine après avoir ramassé tous ses paquets. Elle revient.

STELLA : Au fait maman ! Tu pourrais prévenir ! Ce n'est pas parce que tu as les clefs que tu peux arriver à l'improviste ! Imagine, je ne sais pas, que je sois…

OLGA : Avec toi, je ne peux pas imaginer !

STELLA : Charmant, merci !

OLGA : Chérie, j'ai sonné, personne ! Alors comme il fallait que je te voie, je ne voulais pas attendre sur le palier comme une pauvre chienne !

Olga se met à pleurer et se ressaisit aussitôt. Elle sort un mouchoir de son sac.

STELLA *(s'approchant)* : Maman, que se passe-t-il ?

OLGA : Rien, rien, ça va aller. Range tes courses. Je t'attends !

STELLA : Tu es sûre ?… Bon je vais à la cuisine. Mais tu peux me parler !

Elle y entre.

STELLA *(tout fort)* : Maman, tu veux que je te prépare quelque chose ?

OLGA : Non, ça va aller. Je n'ai pas très faim, ni très soif.

STELLA : Alors ?

OLGA : Ton père et moi nous sommes disputés.

STELLA : A la bonne heure ! J'ai eu si peur d'un drame !

OLGA : Mais c'est un drame ! Il m'a dit que j'étais trop envahissante…

STELLA : Tiens ! Tiens !

OLGA *(ne relevant pas)* : … que je m'immisçais dans la vie de tout le monde dans mon propre intérêt, que je jugeais trop vite les gens sur leur apparence !

Stella ressort de la cuisine et s'approche.

STELLA : Maman, t'es-tu demandé s'il n'avait pas un peu raison ?

OLGA : Tu es de son côté !

STELLA : Mais non, allons réponds à ma question !

OLGA : Je pense que… enfin d'une certaine façon si ! Mais, ce qu'il dit est excessif ! Il y a des façons de le formuler.

STELLA : Parfois, il est usant de prendre des pincettes pour parler… Bon, peut-être qu'il est allé un peu fort mais il est vrai que, par exemple, tu portes vite des conclusions sur quelque chose ! Ne te fâche pas ! Tu es comme tu es, un point c'est tout !

OLGA : Je ne veux plus parler à ton père !

STELLA : Maman, ce n'est pas la première fois que tu dis ça.

OLGA : Mais là, je demande le divorce !

STELLA : Maman, vous êtes déjà divorcés !

OLGA : Ah oui ! C'est vrai !

STELLA : D'ailleurs, je trouve que vous ne vous êtes jamais autant vus que depuis que vous êtes séparés.

OLGA : Cette fois, c'est vraiment fini !

Stella tressaute.

STELLA : Oh ! Les yaourts !

OLGA : Quoi les yaourts !

STELLA : J'ai oublié de les mettre au frigo.

Elle retourne dans la cuisine.

OLGA *(fort)* : Tu vas voir ma chérie. Comme diraient les jeunes, je vais lui « rentrer dans le lard ! »

STELLA *(fort)* : Il t'a laissé cent dollars ?

OLGA *(fort)* : Mais non ! *(Tout bas.)* Ce langage n'est pas pour moi ! *(Fort.)* Je disais que je vais le faire regretter !

STELLA *(fort)* : Quoi ? Il va falloir s'endetter ?

OLGA *(fort)* : Sors de la cuisine !

Stella revient.

STELLA : Qu'est-ce que c'est que cette histoire de dollars et d'endettement ?

OLGA : Rien. Tu as mal entendu c'est tout !

STELLA : Bon, laisse passer un peu ce petit éclair entre vous, et tout ira bien. Tu verras, vous serez comme chien et chat très vite, et le réveillon approche alors, je suppose que vous avez prévu une grande fête tous les deux ?

OLGA : Penses-tu vraiment qu'il y a songé ? Il ne se rappelle même pas la date de notre anniversaire de mariage !

STELLA : Et celle du divorce ?

OLGA : Ma fille, je t'en prie… Non, vois-tu, je crois qu'il faut que je mette un terme officiel à notre relation !

STELLA : Bravo ! Il est grand temps pour vous de vivre votre vie séparément !

OLGA : Que dis-tu ?

STELLA : C'est vrai, vous vous chamaillez, vous vous rabibochez, vous divorcez, vous vous revoyez après, vous vous disputez puis vous vous voyez à nouveau. Alors, une fois pour toutes, soyez clairs l'un envers l'autre !

OLGA : Et s'il avait une maîtresse ?

Stella vient s'asseoir près d'elle.

STELLA : C'est un fait à envisager !

OLGA : Comment ? Tu veux dire que tu approuverais ton père ?

STELLA : Comme je t'approuverais si tu me disais que tu avais un amant !

Olga se lève d'un bon.

OLGA : Ma fille…

STELLA : Ma mère !…

OLGA : Mais Stella, c'est horrible ce que tu me dis !
Shocking !

STELLA : C'est une pure supposition mais il faut te
faire à l'idée que vous n'êtes plus liés l'un à l'autre et
que vous avez décidé d'un commun accord de faire
votre vie chacun de votre côté. Point final ! Respectez
vos arrangements !

OLGA : Je ne peux pas !

STELLA : Maman, il y a une seconde tu me disais
que tu voulais le quitter ! Je sais que la contradiction
est ton fort mais…

OLGA : Je ne sais plus.

STELLA : Moi, je sais ! Avoue que tu aimes toujours
papa, et que depuis que vous êtes séparés, tu es
tombée encore plus amoureuse de lui, comme si une
deuxième histoire commençait entre vous. Et là ! Tu
viens me parler d'une petite querelle de rien du tout
comme s'il s'agissait de votre première dispute !

Quelques mots de travers et c'est tout un chambardement !

OLGA : Oh, ma petite fille adorée, tu es si mignonne !

STELLA : Oh, mère adorée, redis-le encore une fois, je suis en train de rêver.

OLGA : Ma chérie…

STELLA : Oui maman…

OLGA : Puis-je rester dormir ici ?

STELLA : Ça, tu n'es pas obligée de le dire encore une fois !

Olga vient se rasseoir. Stella se lève.

STELLA : Maman, je pense que tu devrais rentrer, ce n'est pas que je refuse ta présence ici, mais ce n'est pas très grand chez moi, et il vaudrait peut-être mieux que tu te retrouves un peu seule pour réfléchir.

OLGA : Tu veux te débarrasser de ta pauvre mère ?

STELLA : Pas du tout ! Et puis peut-être que papa t'a laissé un message ?

OLGA : Ton père ne laisse jamais de message ! Alors ?

STELLA : Alors quoi ?

OLGA : Je peux rester ?

STELLA : Maman ! C'est petit ici ! Et…

Olga se lève, prend son manteau et remonte les deux marches.

OLGA : J'ai compris, je pars. Je te laisse puisque je te dérange ! J'ai bien compris que ma présence t'indispose !

STELLA : Mais non maman ! Ne sois pas si susceptible !

OLGA : Quand je pense que tu n'as pas de temps à perdre avec ta mère, que tu n'as pas plus d'une minute à me consacrer.

STELLA *(tout en se levant pour rejoindre sa mère)* : Maman, je t'ai écoutée, je t'ai donné mon avis…

OLGA : Et tu me renvoies tout bonnement chez moi !

STELLA : Mais non ! Comprends-moi comme j'essaie à chaque fois de te comprendre !

OLGA : Je pars. A plus tard.

Olga ouvre la porte.

STELLA : Oh, et puis zut ! Si tu le prends comme ça, tant pis.

OLGA *(hautainement)* : Au revoir ma fille !

STELLA *(tristement)* : Au revoir !

Olga se retire. Le téléphone sonne. Stella se précipite dessus.

STELLA : Allô ?… Ah c'est toi papa ! Justement maman vient de partir… Elle est peut-être encore sur le palier… Attends, je vais voir…

Stella va rapidement jeter un œil, ouvre la porte et la referme aussitôt. Puis reprend le téléphone.

STELLA : Elle n'est plus là... Oui, je suis au courant. Elle était un peu vexée... Oui, elle m'a raconté ce que tu lui as dit... Et... Ah bon ? Elle t'a dit ça, qu'elle voulait prendre un amant parce qu'elle te trouvait trop vieux à son goût ?!... Tu sais bien qu'elle ne le fera pas ! Elle te fait marcher !... Et puis vous n'êtes plus mariés, alors... Quoi ? Si je prends son parti ?... Mais pas du tout... Mais non... J'essaie juste de... Ne te fâche pas ! Ecoute papa, maman est partie précipitamment et cela me chiffonne un peu, elle m'en veut et je ne me sens pas très... Ah ! *(Tristement.)* Tu n'as pas le temps de... Tu dois y aller tout de suite ! D'accord ! Ça lui fera sûrement plaisir... OK, vas-y, tu y arriveras peut-être avant elle... Bon... Salut !

Stella raccroche, baisse les yeux et fixe le téléphone. Puis elle interroge son répondeur : « vous n'avez pas de message » lui dit la voix métallique. Elle tourne en rond et reprend le téléphone. Elle compose un numéro.

STELLA : Après tout, les amis, c'est fait pour ça ! Il faut que je dise ce que j'ai sur le cœur. *(Elle raccroche aussi sec).* Non, peut-être que je vais le déranger ! Je suis folle ! Je ne devrais pas ! Je me sentirai mieux dans quelques minutes ! Merci papa, merci maman !... Et puis, je déteste le téléphone, cet engin sans cœur, derrière lequel se cachent les personnes responsables de mes interrogations, culpabilités, angoisses et autres… Non, ce n'est pas possible ! Allez, ma petite Stella, une petite confidence à quelqu'un d'autre plutôt qu'à ta propre conscience ne te fera que du bien.

Elle recompose le numéro.

STELLA *(répétant)* : Bonjour, vous êtes bien chez Bernard…

Elle raccroche. Elle recompose un numéro.

STELLA : Ah, ça sonne !… Walter ? Bonsoir, c'est Stella ! Tu vas bien ? Je te dérange ?… Ah bon ! Pardon !… *(Tout bas en mettant la main sur le combiné.)* Même quand il parle français, il faut que je traduise !… *(Elle retire sa main.)* Je dois libérer la ligne très vite ? Pourquoi ?… Ah ! C'est l'heure où ton copain va t'appeler !… Bon ! Non, ce n'est pas grave, rien d'important, c'était juste pour papoter un peu !… C'est ça ! Bye !

Stella raccroche, pose le téléphone et va s'asseoir sur le canapé. Elle met la tête entre les mains.

STELLA : Décidément, il n'y a jamais personne de disponible pour moi... C'est ça Stella, fais ta petite victime : *(se moquant d'elle-même)* personne ne m'aime !

Elle se lève à nouveau, retourne vers le téléphone, compose un numéro et attend.

STELLA : Salut copine ! *(D'un ton enjoué.)* C'est Stella, ça va ?... Oui j'attends !... Alors... Oui j'attends toujours ! *(En mettant la main sur le combiné.)* je ne fais que ça, je passe mon temps à attendre je ne sais quoi ! *(Elle retire sa main.)* Ça y est ?... Je te dérange ?... Ah, tu allais sortir ! Bon ben... Tu as un rendez-vous et tu es pressée... Non, rien de grave, c'était juste pour papoter *(Tout bas.)* Il faudrait que je change de refrain ! *(D'un ton normal.)* J'avais envie de... Ah oui, j'attends... de dire que je n'étais pas très... Ah ! Bon ben alors vas-y, je ne te retiens pas... OK, on s'appelle plus tard ! Bye !

Stella raccroche. Elle a le visage déconfit.

STELLA *(tout en faisant les cent pas)* : Et dire que moi j'aurai pris le temps d'écouter, j'aurais même fait passer son appel en priorité, quitte à faire attendre mon rendez-vous de quelques minutes pour un ou une amie qui n'a pas le moral. Et voilà la triste réalité de la vie, de ma vie ! Et dire que je suis toujours là pour eux, avec ce ton enjoué qui m'est cher ! *(Elle s'imite.)* : « Allô ? Ça va ? Je te dérange ? C'est pas grave ! Ça ne fait rien ! Mais bien sûr, OK, on se rappelle ! » Quelle idiote ! Quelle abrutie ! Oui je suis l'abrutie de service, avec le sourire jusqu'aux oreilles même quand je n'ai pas le moral. Avec cette façon d'être si prévenante, tout le monde croit que je vais bien, que je n'ai pas besoin de me confier à qui que ce soit ! Normal ! J'ai toujours en réserve les conseils qu'il faut, ça pour avoir le stock, je l'ai ! Alors, je ne risque pas de défaillir moralement ! Mais là, je n'ai pas le moral et effectivement il n'y a personne pour moi !

Elle retourne s'asseoir sur son canapé et se laisse tomber en arrière. Silence. Elle soupire. On sonne à la porte. Elle se redresse.

STELLA : Ce doit être Walter ! Il a besoin de quelque chose et… mauvaise langue que je suis ! Il a reçu son coup de fil et maintenant il vient pour moi, pour m'écouter parler.

On insiste sur la sonnette.

STELLA : Voilà, j'arrive !

Stella va ouvrir. Bernard entre précipitamment.

STELLA : Bernard ?

Il enlève son manteau et le jette sur une chaise.

BERNARD : Cela fait un quart d'heure que j'essaie de t'appeler.

Il range son portable.

BERNARD : J'étais en bas dans ma voiture. Je préférais t'appeler avant de monter.

STELLA : Oh ! Mais tu en fais des progrès !

BERNARD : Puis j'ai croisé ta mère dans le hall, elle était tout échevelée, pressée de rentrer chez elle. Elle m'a salué rapidement… Y a t-il de l'eau dans le gaz ?

STELLA : Elle m'en veut ! Mais rien de grave ! *(Tout bas.)* Allez Stella, raconte-lui ! *(Plus fort.)* Bon qu'est-ce qui t'amène ?

BERNARD : J'ai un super service à te demander.

STELLA *(tout bas)* : Le contraire m'aurait étonné. Mais enfin si c'est la seule occasion de le voir ! *(Fort.)* De quoi s'agit-il ?

BERNARD : Dis-moi que tu peux m'aider !

STELLA : Dis-moi toi ce dont il s'agit d'abord !

BERNARD : Stella, j'ai besoin que tu acceptes, c'est très important !

STELLA : T'ai-je toujours refusé quoi que ce soit ?

BERNARD : Non, bien sûr, toi ma petite copine !

STELLA : C'est ça, passe la pommade ! Et fais attention à ce genre de mots que tu utilises ! Je ne suis pas ta petite copine !

BERNARD : Ah oui, mais c'était juste affectif ! C'est vrai, entre toi et moi, ce sera toujours un amour impossible parce qu'il ne se passera jamais rien ! Cela dit, ce sera toujours un bel amour !

STELLA *(impassible)* : C'est charmant !

BERNARD : Tu le regrettes ?

STELLA : Quoi donc ?

BERNARD : Toi et moi !

STELLA : Ne parle pas d'utopie Bernard !

BERNARD : Pardon, un petit moment d'égarement de ma part !

STELLA : Merci pour l'égarement !

BERNARD : Ma petite Stella, on se comprend bien toi et moi, finalement, on est pareil, et c'est pour ça qu'on s'entend bien tous les deux. On est sur la même longueur d'onde. N'est-ce pas merveilleux ?

STELLA *(peu convaincue)* : Si, c'est merveilleux !

BERNARD : Et à chaque fois, c'est un vrai régal de te voir !

STELLA : Tu es sincère ?

BERNARD : Si je ne l'étais pas, je ne te le dirais pas !

STELLA : Non, tu pourrais être gentil parce que tu as besoin de moi !

BERNARD : Comment peux-tu penser une chose pareille ! Stella, je te dis que je suis sincère !

STELLA : Bon ben alors merci !

BERNARD : De rien ! Depuis le temps qu'on se connaît, mes secrets sont tes secrets !

STELLA : Bonne nouvelle !

BERNARD : Tu n'as pas de secrets pour moi hein ?

STELLA : Nullement *(Tout bas)* Si tu savais ! Si tu savais combien je te trouve…

BERNARD : Stella ? Tu es avec moi ?

STELLA : Je t'écoute ! Au fait, tu veux boire quelque chose ?

BERNARD : Volontiers. Quelque chose de bien fort, de bien corsé.

Elle entre dans la cuisine et crie :

STELLA : Un jus d'orange ou d'ananas ?

BERNARD : Honnêtement, j'hésite ! Ce que tu me proposes est si… alcoolisé !… Les deux ! Je supporte assez bien les mélanges ! Même à jeun !

Elle revient avec deux jus de fruits qu'elle pose sur la petite table en face du canapé où ils s'installent.

BERNARD : A la tienne !

STELLA : A tes amours !

BERNARD : Que les tiennes durent toujours ma chérie !

Stella fait une petite moue. Ils trinquent.

STELLA *(entre ses dents)* : Encore faudrait-il que les vraies amours aient commencé !

BERNARD : Qu'est-ce que tu marmonnes ?… Alors ?

STELLA : Alors quoi ?

Il sourit et attend un peu.

BERNARD : Tu as un petit copain ?

STELLA : Quelle question ! J'ai l'impression d'avoir quinze ans tout à coup !

BERNARD : Alors ?

STELLA : Quoi alors ! J'en ai tellement que je ne sais plus où mettre la tête !

BERNARD : C'est comme moi !

STELLA : Pas tout à fait. Mon esprit est fidèle et mon cœur aussi.

BERNARD *(plaisantin)* : Et ton corps ?

STELLA *(se raclant la gorge)* : Je crains que le mélange ne te réussisse pas ! Désolée, je n'ai pas d'alcool !

BERNARD : Tu changes de sujet !

STELLA : On ne va pas remettre ça sur le tapis !

BERNARD : Sur le tapis ? Mais c'est quand tu veux ma chérie !

STELLA : Très drôle ! Vraiment, je passe un moment délicieux. Et dire que j'avais envie de me divertir, alors là, c'est le bouquet.

BERNARD : Tu vois combien ma présence te fait plaisir et t'es bénéfique !

STELLA : J'aime ta modestie.

BERNARD : J'aime être avec toi !

STELLA *(faisant mine de ne pas avoir bien entendu)* : Et donc, tu avais quelque chose à me demander !

BERNARD *(tout en se levant après avoir bu une gorgée)* : Dans une heure, j'ai rendez-vous avec mon patron et son épouse pour un dîner qu'ils organisent chez eux. Un dîner un peu exceptionnel puisque tous les collaborateurs de la boîte seront là. Le patron a décidé de fêter les vingt ans de sa petite entreprise. Donc, je voudrais savoir si tu pouvais m'accompagner !

STELLA *(avalant de travers)* : Moi ? Mais pourquoi moi ?

BERNARD : Il faut que j'y aille accompagné, et alors j'ai pensé que…

STELLA *(posant son verre)*: Et tu n'as trouvé que moi ! Attends une minute, comment dois-je le prendre ? Comme une invitation parce que tu trouves ma compagnie agréable, ou bien, et je pencherais plus pour cette possibilité, tu as l'air de dire que moi ou une autre fera l'affaire, du moment que tu arrives au bras de quelqu'un pour ne pas jurer avec tes collègues !

BERNARD : Non, si tu penses cela alors je me suis mal exprimé !

STELLA : Pourquoi ne demandes-tu pas à Cécile ?

BERNARD : Elle n'est pas libre !

STELLA : Ah, très bien, je vois, et tu penses que moi, je suis libre !

BERNARD : En toute franchise, oui !

STELLA : Depuis quand es-tu au courant de ce dîner ?

BERNARD : Depuis trois jours !... Ah ! Je sais ce que tu vas dire ! Que j'ai pensé à toi à la dernière minute, que je te prends peut-être au dépourvu, qu'il fallait que tu t'organises, que tu t'y prépares, et que j'attendais la réponse de Cécile avant de…

Stella se lève.

STELLA : Tu ne me demandes pas de venir parce que ça te fait plaisir, mais simplement parce que tu n'as trouvé personne d'autre !

BERNARD : Stella, veux-tu m'accompagner oui ou non ?

STELLA *(le sourire aux lèvres)* : Oui ! *(Elle se reprend.)* Bon, c'est bien parce que tu me l'as demandé comme un service !

 BERNARD : Génial !

Il se précipite vers elle et l'encercle de ses bras

STELLA *(tout bas)* : Une seconde d'affection, quel bonheur ! Et en plus il sent bon !

Puis il se dégage.

BERNARD : Allez, on y va ?

STELLA : Habillée comme ça ?

BERNARD : C'est parfait ! Enfin, une petite touche de maquillage, et le tour est joué ! Tu n'aurais pas des hauts talons ?

STELLA : D'accord j'ai compris !

Stella va dans la salle de bains après avoir retiré quelques affaires de la commode au passage. Bernard fait quelques pas à droite, à gauche, et regarde partout autour de lui : les cadres, les bibelots, les photos de Stella sur scène en tutu.

BERNARD *(en haussant le ton)* : Au fait, ce serait bien que tu ne dises pas que je suis un simple ami, enfin, si on te pose des questions, il faudrait faire comprendre que nous sommes ensemble…

Stella ne répond pas.

BERNARD : Stella ? Tu as entendu ?

Pas de réponse.

BERNARD : Stella ?

STELLA *(fort)* : Oui, j'ai entendu ! Bernard, s'ils nous voient arriver ensemble, ils ne poseront pas de questions, il est évident qu'ils nous prendront pour un couple.

Elle sort la tête de la salle de bains. Bernard ne la voit pas.

STELLA *(tout bas)* : Chic alors !

Elle y retourne. Puis elle ressort de son antre, talons hauts, maquillage, jupe courte et un foulard autour du cou. Bernard la fixe du regard.

BERNARD : On ne t'a jamais dit combien tu étais « mimi » comme tout !

STELLA : Merci ! Bon, à part ça, d'autres consignes ?

BERNARD : Eh bien, dis simplement que tu t'appelles Cécile !

STELLA : Ah, d'accord, je vois ! Quel culot !

BERNARD : Non, c'est juste que j'ai eu le malheur de dire à un collègue que j'avais rencontré une fille récemment et son nom m'a échappé dans la conversation.

STELLA *(ironique)* : Quoi d'autre ? Qu'elle mesurait un mètre quatre-vingt, qu'elle avait les cheveux blonds et les yeux bleus !

BERNARD : Non, rien de tout cela, enfin… je ne m'en souviens pas, à vrai dire !

Bernard fait mine de s'interroger.

STELLA : Alors, que fait-on ?

BERNARD : On y va ! Tu es ma petite amie Cécile, tu m'accompagnes et les autres, on s'en moque !

STELLA : Et jusqu'à quel point faut-il jouer la comédie ?

Stella prend son manteau.

BERNARD : Attends, je t'aide !

Il vient derrière elle, lui tient le manteau pour qu'elle l'enfile, puis l'entoure de ses bras.

BERNARD : Ne t'inquiète pas, je n'irai pas jusqu'à t'embrasser !

Stella lui donne un coup de coude dans les côtes ! Bernard pousse un petit cri de douleur et se tient le ventre. Elle se retourne.

BERNARD : Pourquoi es-tu si dure avec moi ? Dans ce moment intense de tendresse entre nous ? Toi dans mes bras !

STELLA : C'était de la part de Cécile, au cas où elle l'apprendrait puisque je suppose qu'elle n'est pas au courant que je t'accompagne !

BERNARD : Tu ne vas pas lui dire ?

STELLA : Donc, elle n'est pas au courant ! Tu as peur ?

BERNARD : Stella !

STELLA : Bernard, as-tu confiance en moi ou pas ?… Tu sais bien que je ne ferai jamais une chose pareille ! Mais me faire passer pour quelqu'un que je ne suis pas est un peu trop exagéré ! C'est le pompon !

BERNARD *(faisant l'innocent)* : Il n'y a que le nom qui change !

STELLA : Et quelques manières entre nous ! *(Tout bas.)* Mais cela n'est pas pour me déplaire, au contraire !!!

BERNARD : Qu'est-ce que tu dis ? Je n'ai pas bien entendu ! Tu as peur de leur déplaire ?

STELLA : Pas du tout ! Je n'ai aucun intérêt dans cette histoire ! Je le fais pour toi. *(Elle se tourne. Tout bas)* Enfin, je le fais aussi un peu pour moi, une soirée au bras de Bernard, quel privilège ! Enfin, simulacre ! Simulacre ! *(Fort.)* Bon on y va ?

Bernard remet son manteau. Stella prend son sac à main. Elle éteint la lumière. Ils sortent.

Scène 2

Stella et Bernard rentrent de leur soirée. Les lumières s'allument. Stella retire son manteau. Bernard garde le sien.

STELLA : Je te remercie de m'avoir raccompagnée jusqu'en haut mais ce n'était vraiment pas la peine !

BERNARD : Mais si, on ne sait jamais ! Je m'en voudrais si quelqu'un t'importunait !

STELLA : Oh ! Thank you very much !... Pardon ! C'est l'influence de Walter !

BERNARD : Je vois ! Quel charmant garçon ce Walter !

STELLA : C'est vrai ! D'ailleurs il pense la même chose de toi !

BERNARD : Ah !... D'accord ! Bien... Je te laisse ! Je dois me lever tôt demain. Merci ! Mes collègues t'ont trouvée charmante !

STELLA : Tu ne veux pas t'asseoir cinq minutes ?

BERNARD : Serais-tu en train de me faire le coup du dernier verre ?

STELLA : Interprète cela comme tu veux ! Mais là tu me vexes ! Je n'ai aucune intention à ton égard !

BERNARD *(tout bas)* : Dommage !

STELLA : Notre relation s'arrête à une simple amitié. D'ailleurs, je ne suis pas sûre de te revoir avant six mois, quand tu auras rencontré peut-être, je dis bien peut-être, quelqu'un d'autre !

Bernard vient s'asseoir après avoir retiré son manteau.

BERNARD : T'ai-je déjà dit à quel point tu es dure avec moi ! *(Tout bas.)* Mais j'aime ça !

STELLA : Pardon excuse-moi, je ne voulais pas être désagréable !

Elle se rapproche de lui, mais dévie vers le répondeur.

STELLA : Tiens, j'ai un message ! Ça ne t'ennuie pas si je l'écoute !

BERNARD : Mais je t'en prie !… Dis, je peux aller me servir de ton breuvage sucré ?

STELLA : Oui, c'est dans la cuisine. Les verres sont…

BERNARD : Je trouverai ! Tu veux quelque chose ?

STELLA : Non merci !

BERNARD : C'est vrai, entre les jus de pamplemousses, d'orange et de mangue que tu t'es enfilé toute la soirée, je ne sais pas comment tu fais pour tenir le coup !

STELLA : Très drôle !

Bernard se rend à la cuisine. Stella interroge son répondeur.

REPONDEUR : Stella ! C'est ta mère ! Pardon pour tout à l'heure ! Tu as voulu bien faire. Tu ne méritais pas que je m'en aille et te laisse comme je l'ai fait. Mais sache, qu'il y a des façons de parler à sa mère ! Enfin, je te pardonne !

STELLA : Ben voyons !

REPONDEUR : J'ai croisé Bernard en bas, il était bien habillé ! Très chic ce garçon…

Bernard apparaît et en entendant ces paroles, il se redresse et se tient très droit, se sentant tout à coup très élégant, très grand.

REPONDEUR : Décidément, ma fille, tu n'as pas les yeux en face des trous ! Si j'avais ton âge, je ne me priverais pas ! Enfin, sans être blessante, je me demande à quoi j'ai pensé le jour où je t'ai conçue ! Alors, où es-tu à cette heure-ci ?… Et avec qui ? Ah ! Peut-être avec Bernard, si c'est le cas, et je m'en réjouis d'avance, il va neiger ! Bien, ton père t'embrasse ! Au revoir !

La voix du répondeur annonce : « fin des messages ».

Stella se retourne. Bernard sourit, puis commence à rire.

STELLA : Quoi ? Qu'est-ce qu'il y a de drôle ?

Il rit de plus belle.

STELLA : Mais quoi ?

BERNARD : Si tu voyais ta tête !… Et ta mère qui…

STELLA : Oh ça va !

BERNARD : Désolé, je n'ai pas pu m'empêcher d'écouter ! Ta mère est fantastique !

STELLA : Oh moins tu sais ce qu'elle pense de toi ! Cela doit te ravir, voilà pourquoi tu la trouves si fantastique !

BERNARD : Oh là là ! Tu es vexée !

STELLA *(peu convaincante)* : Non !

BERNARD : Si, je le sens !

STELLA : Non !

BERNARD : Si, si, si ! Allez ne fais pas la tête !

STELLA : Mais tout va bien !

BERNARD : Bon, viens t'asseoir près de moi !

STELLA : Je suis bien debout !

BERNARD : J'avais raison, tu es vexée !

STELLA : D'accord, si ça te fait plaisir, oui je suis vexée !

BERNARD : Et tu comptes rester collée à ton répondeur toute la nuit ?

Stella appuie sur un bouton du répondeur : « message effacé ».

STELLA : Voilà !

BERNARD : Allez, viens près de moi !

Elle s'approche doucement.

STELLA : Elle me parle comme si j'étais une gamine ! *(Elle s'assied.)* Mais je m'en moque, je le gère bien, je ne me sens pas du tout démontée, j'ai l'habitude !

BERNARD : Tu es sûre ?

STELLA : Oui, ça va !

BERNARD : En tout cas, elle a raison sur une chose.

STELLA : Laquelle ?

BERNARD : Je suis un garçon très chic !

Stella lui donne un petit coup à l'épaule.

STELLA : Je m'en serai doutée !

BERNARD : Franchement, as-tu vu la façon dont toutes les compagnes de mes collègues, voire la maîtresse des lieux, me regardaient ?

STELLA : Premièrement, je n'ai pas l'habitude de mater les filles ! Et deuxièmement, tu prends tes désirs pour des réalités ! *(Tout bas.)* Cela dit, c'est vrai qu'elles le regardaient toutes ! Qu'est-ce qu'il est beau !

BERNARD : Avoue que j'étais le plus beau de la soirée !

STELLA : Prétentieux !

BERNARD : Avoue !

STELLA : Bernard, je découvre un trait de ta personnalité que je ne connaissais pas ! La vanité !

BERNARD : Il y a tant de choses en moi que tu ne connais pas, c'est vrai ! Mais, il n'en tient qu'à toi de les découvrir !

STELLA : Je laisse le soin à ta copine, de partir à la conquête des moindres détails de ton… esprit !

BERNARD : Tu as raison de préciser esprit. C'est vrai que pour le corps, c'est déjà fait !

STELLA *(ironique)* : Tu es de plus en plus étonnant ! Tu me surprends continuellement !

BERNARD : N'est-ce pas le secret ou, je dirai, la base de toute relation amicale voire amoureuse ?

STELLA : Quelle perspicacité !

Bernard se redresse un peu.

BERNARD : Ma petite Stella, je te sens irritable ! Tu sais j'essaie de détendre l'atmosphère c'est tout !

STELLA : Pardonne-moi, la fatigue sans doute ! Je suis vraiment désolée. Je n'aime pas me montrer ainsi.

BERNARD : Tu es pardonnée. En tous cas, la soirée s'est bien passée grâce à toi. Merci de m'avoir accompagné.

STELLA : De rien !

Bernard se lève, pose son verre, et va récupérer son manteau. Stella le suit jusqu'à la porte.

BERNARD : Au fait, tu fais quoi pour le Nouvel An ?

STELLA : Je ne sais pas trop encore, une amie doit m'appeler ! Et toi ?

BERNARD : Dîner aux chandelles ! A la Tour Eiffel ou sur un Bateau Mouche ! Romantisme au programme !

STELLA *(peu enjouée)* : Génial !

Elle ouvre la porte, il lui fait une bise.

BERNARD : Bonne nuit. A bientôt.

STELLA : A la prochaine alors !

BERNARD : Oui, je ne sais pas trop quand, je vais être très occupé et…

STELLA : A bientôt alors !

BERNARD : Allez au revoir, ferme bien la porte derrière toi !

STELLA : Oui papa ! Salut !

Stella ferme la porte.

STELLA : Il faut que j'aille me perdre un peu dans le monde des rêves !

Elle éteint toutes les lumières. Se dirige vers son lit. L'ouvre. Des vêtements volent dans la pièce. Elle s'allonge et s'endort.

Scène 3

Stella bouge dans tous les sens dans son lit. Elle cherche sa position mais elle se redresse aussitôt. Elle allume sa lampe de chevet.

STELLA : Bon sang ! Même le monde des rêves ne m'accepte pas !

Elle soupire puis regarde l'heure.

STELLA : Ce n'est pas possible ! Il est trois heures du matin ! Que faire ? J'en ai assez ! Pourquoi m'est-il impossible de dormir ? Je suis fatiguée pourtant ! J'ai passé une soirée assez sympa, ma petite maman m'a téléphoné pour me laisser un sympathique message sur mon répondeur, Bernard m'a fait part de ses projets, ce qui est une preuve de confiance en ma personne, sauf que ses projets avaient un goût que je ne connais pas et un thème qui m'est si inconnu, le romantisme ! Bon, d'accord, c'est bien d'y penser, mais cela fait partie de la vie des autres ! Oh ma petite Stella, tu as l'air fin assise sur ton lit en plein milieu de la nuit à parler toute seule ! Normal ! Tout à fait normal ! Ainsi je n'ennuie personne ! D'ailleurs, il n'y a personne !... Qu'est-ce qui m'arrive ? Je devrais me sentir bien mais je me sens toute triste ! Pourtant, je n'ai pas le droit de me plaindre ! J'ai une passion, la danse que je pratique tous les jours et que j'enseigne, mais c'est vrai, je ne suis pas une étoile ! Qu'importe ! Qu'y a-t-il d'autre ? Ah oui ! Des parents qui se préoccupent de moi, des amis assez présents, surtout quand ils ont besoin de parler, ce qui implique une qualité qui m'est propre, l'écoute ! Oh, j'oubliais une autre de mes qualités, la disponibilité ! Celle-ci, on ne peut pas me l'enlever ! Et pour finir, je suis assez bien installée, j'aime mon petit chez moi, c'est très accueillant ici, d'ailleurs ma porte est toujours ouverte pour tout le monde ! Mais la porte des autres, m'est-elle ouverte aussi grande ? Est-ce que la ligne de téléphone est toujours libre pour moi ? Suis-je invitée parce qu'on m'aime ou bien parce qu'on n'a trouvé personne d'autre à son bras ? A quoi je sers finalement ? Je suis la confidente !

Elle se rallonge, et répète : « La confidente, la confidente, la confidente... ». Le ton de sa voix baisse, elle s'endort doucement.

ACTE III

Scène 1

Il est dix heures du matin. Stella sort de la salle de bains, les cheveux mouillés qu'elle frotte avec une serviette.

STELLA : Oh quelle nuit ! Je suis éreintée. J'ai rêvé que je dansais depuis des heures et qu'il m'était impossible de m'arrêter. Je n'ai jamais aussi bien dansé de toute ma vie, et ces développés magnifiques que j'ai pu faire ! Ah, je n'en peux plus !

Elle s'assied sur le canapé. Elle met sa serviette autour du cou.

STELLA : Bien, bien, bien ! Que vais-je faire de cette journée ? Les vacances, c'est bien, mais encore faut-il ne pas s'ennuyer ! Bon, je n'ai pas à me plaindre, je vais m'échauffer une ou deux heures, puis il sera l'heure du déjeuner, ensuite j'irai faire une petite promenade, un peu de shopping, puis ce sera l'heure du goûter, très important le goûter, enfin, je prendrai le temps de lire un peu, de passer quelques coups de fil, mais à qui ? Et pour raconter quoi ? Pour entendre mon interlocuteur dire que tout va mal ? Ah non ! On ne va pas me gâcher la vie, pas aujourd'hui ! Donc, pas d'appels ! Après ma lecture, il sera l'heure du dîner ! Et l'improvisation dans tout ça ? Et l'imprévu ? Ma petite Stella, il n'y a jamais d'imprévu dans ta vie !

Elle se lève et va dans la salle de bains poser sa serviette. On sonne plusieurs fois à la porte. Elle en ressort aussitôt.

STELLA : Oui oui j'arrive ! Une seconde !

Elle se hâte pour aller ouvrir. Sa mère entre.

OLGA : Bonjour ma fille !

STELLA : Maman ? Que me vaut cette visite matinale !

OLGA : Matinale, tu exagères ! Il n'est pas si tôt ! Et moi je suis levée depuis six heures !

STELLA : Mais pourquoi ?

OLGA : Il fallait que je te dise ! Ton père m'a rejoint hier ! Il s'est excusé et moi aussi ! Nous avons passé une soirée délicieuse comme si tout recommençait !

STELLA : Je suis contente pour toi !

Elles s'avancent dans la pièce.

OLGA : Qu'en penses-tu ?

STELLA : C'est bien !

OLGA : C'est tout ? C'est tout ce que tu trouves à dire ?

STELLA : Que veux-tu que je te dise ?

OLGA : Je ne sais pas, sois plus enjouée !

STELLA : Bravo ! C'est super super chouette ! Félicitations ! Cela te va ?

OLGA : J'aurais aimé plus de spontanéité de ta part !

STELLA : Maman, je suis fatiguée !

OLGA : Et moi alors ?

STELLA : Je te parle de moi !

OLGA : Oui, j'ai entendu ! Mais de quoi pourrais-tu bien te plaindre ? Tu as l'air en forme ! Allons, ai un peu plus d'entrain, d'énergie ! Si j'avais ton âge…

STELLA : Maman, s'il te plaît, ne recommence pas avec le couplet du « si j'avais ton âge » !

OLGA : Bon, très bien ! Au fait, ton père t'embrasse !

STELLA : Il pourrait m'appeler pour me le dire !

OLGA : Il est très occupé ! Moi je suis là ! Pour toi !

STELLA : Merci, c'est trop aimable !… Tu veux du thé ?

OLGA : Je veux bien, mais laisse, je vais le faire !

Olga se dirige vers la cuisine. Stella vient s'affaler sur le canapé. A peine s'assied-t-elle, qu'on frappe à la porte. Elle se relève.

STELLA : Décidément, moi qui pensais passer une petite journée pépère, j'ai droit à une super ambiance !… J'arrive !

Elle ouvre. Bernard fait son entrée.

STELLA : Bernard ? Je ne t'attendais pas avant six mois !

BERNARD : Bonjour Stella !

STELLA : Oh magie ! Quelqu'un vient de me dire bonjour !

BERNARD : Je ne fais que passer ! Je n'ai pas beaucoup de temps !

STELLA : Mais quel honneur pour moi alors ! Ce peu de temps est pour ma petite personne ! Mais que de visites aujourd'hui ! Je suis enchantée !

BERNARD : Tu te sens bien ?

STELLA : Ah, c'est gentil de me le demander ! Oui, je me sens très bien ! Tiens, ma mère est là, dans la cuisine, en train de préparer du thé ! Tu en prendras bien un peu ?

BERNARD : Tu sais, ce breuvage coloré n'est pas ma tasse de thé !

STELLA *(sarcastique)* : Très drôle ! Il fallait y penser. Franchement tu m'épates !

BERNARD *(un peu décontenancé)* : Je serais ravi de saluer ta mère !

STELLA : Ah oui, c'est vrai qu'elle te trouve très chic comme garçon ! *(En haussant la voix.)* Maman, Bernard est là !

Olga sort de la cuisine et va à la rencontre de Bernard, qui lui fait le baisemain, sous le regard stupéfait de Stella.

STELLA : Si vous ne voyez pas d'inconvénients, je vais vous laisser deux minutes, le temps pour moi d'aller prendre le courrier !

OLGA : Parce qu'il y a des gens qui t'écrivent ?

STELLA : Très fin ! Et surtout très délicat !

OLGA : C'est toi qui dis toujours que tu ne reçois jamais de courrier !

STELLA *(tout bas à l'oreille de sa mère)* : Est-ce que tu as besoin de le crier sur tous les toits ?

OLGA *(tout fort)* : Qu'est-ce que cela peut-il faire ? Personne ne t'écrit jamais, c'est un fait c'est tout !

STELLA : Merci maman ! Bien je vous laisse, faites comme chez vous, je reviens de suite !

Stella se retire. Olga invite Bernard à s'asseoir sur le canapé. Elle se retire dans la cuisine et revient avec un plateau sur lequel se trouvent une théière et trois tasses. Elle le pose sur la petite table en face du canapé.

OLGA : Vous boirez bien une petite tasse de thé, mon cher Bernard !

BERNARD : Non, je vous remercie.

OLGA : Voyons, mon petit Bernard, c'est du Darjeeling !

BERNARD : Alors, si c'est du Darjeeling, ça change tout !

Olga lui sert une tasse et la lui remet. Elle s'en sert une aussi, pose la théière, vient s'asseoir près de Bernard. Ce dernier goûte le thé du bout des lèvres et fait la moue. Il repose sa tasse aussitôt.

OLGA : Vous n'aimez pas ?

BERNARD : C'est un peu chaud pour moi !

Olga boit quelques gorgées et pose sa tasse.

OLGA : Dites-moi Bernard, comment trouvez-vous Stella en ce moment ?

BERNARD : Que voulez-vous dire ? Elle semble en forme !

OLGA : Je ne la trouve pas très bien depuis quelques jours. Elle me semble si irascible, et si triste en même temps, je ne sais pas, elle a l'air si lasse de la vie.

BERNARD : Vous allez un peu loin ! Tout le monde traverse des moments délicats dans la vie, mais Stella prend les choses simplement, avec objectivité, je ne crois pas qu'elle soit du genre à se laisser aller à la déprime.

OLGA : Vous avez sans doute raison mais elle…

La porte d'entrée s'ouvre doucement. Stella entend la conversation et ne veut surtout pas l'interrompre. Elle rentre discrètement, referme la porte sans faire de bruit et s'adosse à celle-ci.

OLGA : …elle est parfois difficile à cerner. Il y a des moments où j'ai l'impression que je ne la connais pas si bien. Elle vous parle d'elle ?

BERNARD : Pas spécialement ! Disons qu'elle a l'art de ne pas se dévoiler !

Stella fait la moue.

OLGA : Il est vrai qu'elle n'embarrasse personne avec ses petits états d'âmes, si tant est qu'elle en ait car comme vous dites, il est parfois difficile de deviner si elle est triste, déprimée ou pas ! Même moi sa mère, j'ai parfois du mal à la cerner ! Enfin, on ne peut que lui reconnaître qu'on peut toujours compter sur elle, elle est toujours disponible, prévenante.

BERNARD : Vous avez raison sur ce point !

OLGA : Mais avouez qu'elle n'est pas assez extravagante, rigolote !

BERNARD : Stella est une fille sérieuse, j'en conviens et...

OLGA : Pardon, je vous interromps mais ne pensez-vous pas qu'elle devrait se caser ? Ce n'est pas normal qu'elle soit seule ! Qu'elle se marie ! Et qu'on n'en parle plus ! Au moins elle aurait des choses intéressantes à raconter ! Un peu de piment dans sa vie serait le bienvenu !

BERNARD : Pardonnez-moi, mais je vous trouve un peu extrême dans vos propos ! Certes, elle devrait être plus décontractée, plus fofolle si je puis m'exprimer ainsi !

OLGA : Vous, Bernard, si on vous présentait Stella dans une soirée, ou lors d'un dîner, que penseriez-vous d'elle ?

BERNARD : Comme vous y allez ! Vous m'embarrassez !

OLGA : Allons, soyez honnête !

BERNARD : Stella est une jolie fille qui devrait peut-être…

OLGA *(l'interrompant)* : …être plus pétillante ! Et plus catégorique dans ses propos ! L'ennui, c'est qu'elle ne sait pas dire non, vous pouvez lui demander n'importe quoi, elle acceptera toujours, vous pouvez la déranger des dizaines de fois, elle ne vous le reprochera pas, lui téléphoner dix fois par jour, elle ne rechignera pas, lui dire que vous aimez telle ou telle chose, elle ne vous contredira pas ! Non, franchement, je regrette qu'elle n'ait pas plus de personnalité ! J'aimerais tant qu'elle se révèle, qu'elle soit moins naïve, qu'elle fasse quelque chose de sa vie… Qu'elle ait un métier plus intéressant qu'enseigner la danse et monter des spectacles dans des minuscules salles pour des amateurs ! Il faut toujours qu'elle fasse les choses en petit ! J'ai tellement rêvé qu'elle soit la meilleure, qu'elle soit au sommet ! Moi, à sa place…

BERNARD : Que cherchez-vous exactement à dire ? Que Stella devrait changer du tout au tout ?

OLGA : D'une certaine façon, je critique sa façon de vivre, d'être, mais au fond je voudrais tellement qu'elle soit…

Stella s'approche.

STELLA : …Comme toi !

Olga sursaute. Stella s'approche encore.

STELLA : Qu'elle soit la copie conforme de ta personne ! C'est ça ?

OLGA : Oh ma fille !… Tu as du courrier ?

STELLA : Tu vois bien que j'ai les mains vides ! Tu sais bien que personne ne m'écrit jamais ! Il n'y a que le Trésor Public qui pense à moi et encore, ce n'est pas toutes les semaines !

OLGA : Tu étais là depuis longtemps ?

STELLA : Juste assez pour entendre que tout mon schéma corporel et intellectuel te dérange !

OLGA : Tu exagères !

Bernard se sent embarrassé tout à coup.

STELLA *(en levant la voix et en fixant Olga du regard)* : Oh ma chère maman… Quand tu viens, c'est pour me démonter le moral, pour critiquer ma façon d'être, et pour que tu puisses te vanter d'avoir l'esprit plus jeune, d'être plus à la mode, et cela te rassure ! Et puis tu me parles de papa qui est comme si, comme ça, que tu n'as pas réussi à le changer, mais accepte l'idée du divorce une fois pour toutes ! Tu me répètes sans cesse les mêmes choses, et tu attends de moi les sempiternels mêmes conseils ! Et après tu repars toute fringante, et moi tu me laisses l'esprit rempli d'interrogations quant à l'intérêt, l'utilité que je peux représenter. A quoi je sers finalement : à renvoyer une image négative de ta personne quand tu vas bien, et à n'être qu'une source de paroles bienfaitrices quand tu vas mal. Et moi, est-ce que j'ai le droit de te dire que je vais mal ? Que je ne suis pas heureuse ? Qu'il manque tellement de choses dans ma vie ? Non, je n'en ai pas le droit parce que si j'osais le dire, tu me répondrais : *(imitant sa mère)* « C'est toi qui l'as bien voulu ! » Mais t'es-tu déjà demandé pourquoi j'étais comme ça : réservée, peureuse, peut-être même complexée de ma personne ? Non, et même si je t'en parlais, cette fois tu dirais : « c'est normal, tu n'as pas écouté mes conseils, tu n'en fais qu'à ta tête ! » *(Elle baisse le ton.)* Mais tu es ma mère et tu es censée être mon modèle, mon alliée, pas mon ennemie. Malgré tout cela, mes sentiments pour toi sont uniques et tu le sais bien !

Olga reste figée. Elle manque de défaillir. Stella se tourne vers Bernard qui s'enfonce dans le canapé.

STELLA : Toi, Bernard, tu te pointes tous les six mois pour me faire un compte-rendu de tes conquêtes amoureuses, mais qu'est-ce que je m'en moque alors, si tu savais comme je m'en moque ! Le pire, c'est que je suis heureuse de te le dire ! Quel délice ! Quelle joie immense j'éprouve à prononcer de telles paroles !… Toi qui prétends être mon ami, j'ai l'impression que c'est à sens unique. Oh d'accord, c'est vrai, l'autre jour tu as fait preuve d'amitié en me ramenant, en m'écoutant divaguer, mais je ne me souviens de rien. Peu importe. Toujours est-il que tu ne me demandes jamais comment je vais avant de t'embarquer dans des récits biscornus. Je suis là, je t'écoute, même si j'ai d'autres choses à faire ! Ah oui, c'est vrai, j'oubliais, les gens pensent de manière générale que je suis toujours disponible, que je n'ai rien de prévu, rien à faire ! Mais moi aussi j'ai des choses à faire, moi aussi j'ai des états d'âmes, des moments où je voudrais bien crier que je me sens si seule, si inutile mais personne ne prend le temps de s'asseoir cinq minutes pour m'écouter vraiment, ou ne serait-ce pour me demander si je vais bien ! Je suis fatiguée de n'être rien d'autre qu'une confidente pour vous ! J'en ai assez !

La porte s'entrouvre légèrement. Walter fait son apparition.

STELLA : Oh, tiens ! Tu ne pouvais pas mieux tomber. Viens, approche-toi !

Walter entre. Il lui tend des clefs.

STELLA : Ah merci, j'ai dû les oublier sur la porte ! *(Stella met les clefs dans sa poche.)* Tu avais besoin de quelque chose ?

WALTER : Comment as-tu deviné ? Je voulais juste savoir si tu pouvais me donner un peu de farine pour faire des cookies ?

STELLA : Alors là Walter, c'est la question qu'il ne fallait pas me poser ! Je ne sais pas pourquoi mais me demander de la farine aujourd'hui est très agaçant. Tu m'aurais demandé du sel, je ne sais pas si cela aurait eu le même effet !… Que dirais-tu d'une tarte toute faite ! C'est bien comme masque de beauté, c'est très bon pour la peau !

Walter n'a pas le temps de répliquer.

STELLA : Viens un peu par-là !

Stella referme la porte derrière Walter.
Bernard se lève. Olga reste immobile sur le canapé.
Elle est consternée.

STELLA : Oh toi, le sympathique voisin qui au bout du compte, ne vient me voir que pour me parler de son petit ami américain, ou alors parce qu'il a besoin de quelques petits conseils de beauté, comme si je pouvais lui en donner ! Moi ! La fille qui n'a rien de drôle, ou d'extravagant ! *(Elle regarde sa mère une seconde puis s'adresse toujours à Walter.)* Ou encore qui débarque ici parce qu'il n'a pas compris certaines règles grammaticales qu'il me demande de lui expliquer ! Walter, tu es bien gentil, mais je ne suis pas à ta disposition. Tu comprends ?

Le jeune américain n'ose plus bouger.

Le téléphone sonne.

STELLA : Oh, je sens que je vais m'énerver !

Elle va décrocher.

STELLA *(sèchement)* : Oui, oui… Oui…

Stella regarde très loin en face d'elle, éloigne l'écouteur de son oreille.

STELLA : Je le fais, ou je ne le fais pas ?… Je le fais ! *(Elle raccroche aussi sec.) (Elle crie en regardant le téléphone.)* Et je vais bien merci !

Stella se retourne vers Walter, Bernard et Olga.

STELLA : Alors, vous tous, je vous apprécie beaucoup certes, mais maintenant, je suis lasse de vous écouter, je n'ai plus envie de vivre à travers vous, de m'inquiéter pour vous, de porter les soucis à votre place sur mes épaules, de penser que vous devriez faire telles ou telles choses alors que finalement vous êtes tranquilles dans votre coin, vous prenez du bon temps, après m'avoir relégué vos angoisses, stress, interrogations, doutes ou autres. Et moi de mon côté, je cogite pour vous, je me torture l'esprit. A quoi bon ! Eh bien à présent, la petite confidente enlève son tablier, donne sa démission, et a décidé qu'il était temps pour elle de se ressourcer. Si vous m'aimez un tant soit peu, si vous me considérez comme votre amie, même toi maman, alors apprenez vous aussi à m'écouter, à sentir que j'ai besoin de parler, de me confier, et dites-vous que je ne suis pas la psy de service ! Sur ce…

Elle se dirige vers la porte d'entrée.

STELLA : Si vous n'avez rien à ajouter, je vous demanderai de me laisser. J'ai besoin de repos ! J'ai besoin de me retrouver et de penser un peu, je devrais dire, penser enfin à moi ! Voilà ! Une question ?

Elle ouvre la porte.

OLGA : Ma chérie…

BERNARD : Stella…

WALTER : Mais…

STELLA *(les interrompant)* : Pas de question ! Au revoir Maman ! Bernard, bon vent ! Walter, le bonjour aux U.S.A. !

Ils se retirent tous. Stella ferme la porte derrière eux en la claquant.

STELLA *(elle ouvre les bras)* : Ah comme je me sens bien, libérée, je respire ! Quel bonheur !

Elle descend les marches, se laisse tomber sur le canapé. Elle soupire de bien-être.

STELLA : Ah ! Je vais enfin pouvoir goûter à la tranquillité de l'esprit ! Ah ! Tiens, je vais me servir un peu de thé ! Quel bonheur ! Quel silence !

Elle se sert, déguste son thé à la bonne température, repose sa tasse. Et respire enfin. Puis tout à coup, elle se lève! Sa mine s'assombrit.

STELLA : Mais qu'est-ce que je suis bête ! Mais quelle idiote ! Qu'est-ce que je viens de faire ! Je suis folle ou quoi ? Qu'est-ce qui m'a pris ? Alors là ma vieille, tu as gagné le pompon !

Elle fait les cent pas.

STELLA : La tranquillité de l'esprit, tu parles oui ! La culpabilité, le remords !

Elle prend son manteau et sort précipitamment.

Scène 2

Quelques jours plus tard. Dix heures du soir. Le 31 décembre. Stella est assise sur son canapé les bras croisés. Un magazine est posé près d'elle. Elle

STELLA : Comme je m'éclate là toute seule ! Mais je l'ai voulu. Depuis ma superbe tirade de l'autre jour, je n'ai plus de nouvelles de personne. Normal ! Walter n'ose plus me regarder en face quand on se croise dans les escaliers, ma mère ne m'a pas invitée à sa petite sauterie dont le thème avait pour but de me caser, sans doute a-t-elle eu peur d'un esclandre de ma part, la soi-disant copine qui devait m'appeler pour me proposer une belle soirée pour le réveillon ne m'a pas donné signe de vie, elle a dû trouver quelqu'un d'autre, je ne suis pas assez rigolote, quant à Bernard, il roucoule avec sa dulcinée, alors la petite Stella ne sert plus à rien. Mais bon, tout est sûrement de ma faute, finalement, quand on parle trop cela se retourne contre soi ! Si je m'étais tue, je les aurais tous gardés près de moi, j'aurais eu des messages sur mon répondeur, des visites, quelqu'un à qui parler.

Elle se lève d'un bon.

STELLA : Oh et puis zut ! Je ne vais pas me lamenter sur mon sort ! Je n'ai pas à culpabiliser, ils m'ont tous poussée à bout, ils ont abusé de mon écoute, de ma gentillesse, alors trop c'est trop ! S'ils veulent me voir ou me parler, ils savent où me trouver ! C'est bien de temps en temps de remettre les pendules à l'heure, de montrer que parfois on ne se laisse pas toujours faire ! Bien, ma petite Stella, le moment de la résurrection est arrivé !

Elle se rassied. Elle prend le magazine et l'ouvre.

STELLA : Un petit peu de lecture rigolote ! Voyons voir !

Elle feuillette le magazine.

STELLA : Ah ! Le courrier des lectrices et les réponses de la psy machin-chose ! Alors : « Chère Madame, j'ai connu mon amoureux grâce à ma meilleure amie ! Mais maintenant il ne m'aime plus, et il ne cesse de la draguer ! » Et bien, il faut rendre à César ce qui appartient à César ! Ensuite : « Chère Madame, je suis amoureuse d'un ami à moi, mais il est déjà pris, et il ne me regarde même pas, je suis juste bonne à l'écouter me parler de sa chérie ! » Tiens, tiens, cela me fait penser à quelqu'un ! Oh, cela me déprime ! J'arrête ! *(Elle ferme le magazine.)* Bon, je vais passer une petite soirée tranquille, me préparer un petit encas et… puis finalement je n'ai pas faim. Un livre ? Non, je n'ai pas envie de lire ! Et si je réécoutais mes anciens messages ?… C'est vrai j'ai tout effacé !… Tiens je vais appeler l'horloge parlante ! Au moins, j'entendrai une voix à l'autre bout du fil… Oh cette musique, et ces bruits de talons, mais qu'est-ce qu'ils font ces gens là ? Ils écrasent le raisin ?… Bon je vais dormir, après tout c'est un soir comme les autres, je suis un peu fatiguée, alors pourquoi me forcer à veiller pour me souhaiter la bonne année, je me la souhaiterai demain ! Cela peut attendre !

Elle se lève, va dans la salle de bains en fredonnant et ressort très vite vêtu d'une chemise de nuit longue, de pantoufles énormes.

STELLA : Me voilà à mon aise ! *(Elle parle tout en faisant les gestes qu'elle décrit.)* Je n'ai plus qu'à retirer mes jolis escarpins de maison et m'engouffrer dans mes jolis draps, qui sentent bon la lessive, puis mettre un oreiller sur l'autre, poser ma petite tête dessus et m'endormir comme un bébé !

Elle déplie le lit.
La voilà à peine couchée qu'elle se relève d'un bond.

STELLA : La lumière ! J'ai oublié la lumière pour être enfin dans mon petit nid douillet.

Elle retourne dans son lit.

STELLA *(criant)* : Oh ! Eh oh ! Il y des gens qui dorment ! C'est pas vrai !

Elle s'engouffre sous les couvertures. Elle se retourne. Elle se tourne de l'autre côté. Gros soupir. Elle se tourne à nouveau, puis se met sur le ventre. Finalement, elle se met sur le dos. Elle se lève d'un bond, met ses pantoufles et va rallumer.

STELLA : Non, ce n'est pas possible, je ne peux pas dormir ! Et cette musique qui résonne dans mes murs ! *(Elle regarde en face d'elle.)* De quoi j'ai l'air, accoutrée ainsi ? Si on me voyait !

Elle se dirige d'un pas décidé vers la salle de bains.

STELLA *(tout en marchant)* : Bon, je vais m'échauffer un peu, ma musique ne gênera personne ! Je vais enfin pouvoir faire plus fort ! Pour une fois !

Elle entre dans la salle de bains et chante très fort. Elle ressort en tenue de danse : justaucorps rose pâle et fuseau noir. Elle se dirige vers sa barre, allume la mini-chaîne et s'entraîne, gesticule, s'étire... Mais elle s'arrête net.

STELLA : C'est horrible ! Je ne suis même pas motivée ! Mais qu'est-ce qui m'arrive ?

Au moment où elle va éteindre la musique, on frappe violemment à sa porte.

STELLA : Oh non ! Les voisins ! Qu'ils ne viennent pas me dire que j'ai mis la musique plus fort qu'eux !

On insiste.

STELLA (*criant*) : Il n'y a personne !

On frappe de plus belle. Elle éteint la chaîne. Elle se résigne à aller ouvrir. A peine entrouvre-t-elle la porte que Bernard déboule dans la pièce. Il semble saoul. Stella reste figée, la main toujours posée sur la poignée de la porte.

STELLA : Mais… Qu'est-ce que tu viens faire là ? Et ton dîner ?

BERNARD : Salut ma puce !

STELLA : Oh non ! Tu es saoul !

BERNARD (*il titube un peu*) : Ouais M'dame ! Et j'aime ça !

STELLA : Oh non, c'est pas vrai ! Il ne manquait plus que ça !

BERNARD : Tu viens pas me faire un bisou ? Un petit bisou !

STELLA : Je rêve !

BERNARD : De moi, j'espère ! Eh ma chérie tu as la main collée à la poignée ? Coucou je viens voir Stella, mon amie !

STELLA : Chut ! Tu vas réveiller tout le monde !

BERNARD : Mais personne ne dort !

Stella ferme la porte doucement, puis elle s'approche de Bernard. Elle l'aide à enlever son manteau. Il s'appuie sur elle, puis commence à l'entourer de ses bras.

BERNARD : Un petit bisou ?

STELLA *(elle lui tend la joue)* : Voilà, un petit bisou, tu es content ? Allez, je vais t'aider à t'asseoir !

Il se dégage d'elle.

BERNARD : Je peux m'asseoir tout seul !

STELLA : Mais je t'en prie !

Il titube de plus belle, se dirige vers le canapé et se laisse tomber.

STELLA : Dis donc Bernard, comment es-tu arrivé jusque là ?

BERNARD : En voiture !

STELLA : Mais tu es saoul !

BERNARD : Tu l'as déjà dit ! Tu viens à côté de moi ? Il faut que je te raconte !

STELLA : C'est reparti pour les confidences ! Et après tu vas me demander ce que j'en pense ! Et je n'ai pas envie de te donner mon avis cette fois !

BERNARD : Allez viens ! Je ne vais pas t'embêter longtemps ! Après je repars !

STELLA : Oui, bien sûr, tu reprends la voiture et tu rentres chez toi sans problèmes !

BERNARD : Oui, pourquoi ?

Il tapote la place libre à côté de lui sur le canapé pour qu'elle vienne s'asseoir. Elle s'approche et s'installe près de lui. Il est légèrement affalé.

STELLA : Alors ?

BERNARD : Tu es très belle !

STELLA : Tu es très saoul !

BERNARD : Non, je ne suis pas saoul ! J'étais saoul et je ne le suis plus !

STELLA : Mais bien sûr ! Tu étais saoul et tu ne l'es plus comme par magie ! D'habitude c'est : je suis sobre, et je ne suis plus sobre !

Elle se lève. Elle est de dos à lui. Bernard s'est redressé.

BERNARD *(il change de ton)* : Non, ne te lève pas ! Je me rapproche et tu t'éloignes ! Je m'éloigne, tu te rapproches !

Stella se détourne doucement. Puis Bernard se lève.

BERNARD : Je ne suis pas saoul !

STELLA *(légèrement paralysée de stupéfaction)* : Mais… pourquoi cette mise-en-scène ?

BERNARD : Pour que tu me laisses entrer chez toi ! Après l'autre jour, je craignais que tu ne veuilles plus me voir ! Et tu aurais eu raison ! Mais, te savoir fâchée avec moi m'a mis mal à l'aise !

STELLA : Voyons, je ne suis pas fâchée ! Au contraire, je croyais que tu ne voulais plus me voir après… enfin …

BERNARD *(calme)* : Je suis fier de ce que tu as fait… Tellement fier… Je t'admire…

STELLA : Merci… Mais il ne fallait pas te déranger pour me dire ça et entrer de cette façon. Tu sais bien que ma porte est toujours ouverte ! Alors maintenant, retourne vite à ton dîner, on doit t'attendre !

BERNARD : Bon… Et toi, tu ne sors pas ? Tu as bien quelque chose de prévu ?

STELLA *(embarrassée)* : Disons que… Non. Je n'avais pas vraiment envie de sortir et puis si c'est pour faire comme les autres, ça n'a rien d'original !

BERNARD : Ah !

STELLA : Bon ben voilà ! Allez vas-y !

BERNARD : Où ça ?

STELLA : A ton dîner !

Bernard soupire, se détourne de Stella puis lui refait face.
Silence.

STELLA *(timidement)* : Alors ?

BERNARD : Stella… Ma petite Stella…

STELLA : Bernard… On t'attend…

Bernard soupire à nouveau.

BERNARD : Tu vois, j'avais beau être dans un cadre idyllique, entouré de beau monde, d'une femme magnifique, mais je me sentais seul, et un peu triste. Et tu veux savoir pourquoi ?

STELLA : Pourquoi ?

BERNARD : Parce que tu n'étais pas là !

Silence.

STELLA *(figée)* : Bernard…

BERNARD : Non, laisse-moi parler ! C'est toi que je cherchais, c'est avec toi que je voulais être. Finalement, à chaque fois que je rencontre une fille c'est toi que je cherche en elle. Et quand je pense que tu es devant moi et que je ne peux pas t'atteindre. Tu m'es si inaccessible parfois… Mais je te connais si bien…

STELLA : Bernard…

BERNARD : Non, attends, je n'ai pas fini, vois-tu je te raconte mes petites histoires, et il m'arrive d'en rajouter. J'ai envie de te faire réagir mais tu ne le fais pas, tu restes presque de marbre alors que je sais pertinemment que tu es très sensible, si sensible, que tu prends soin des autres, tu te préoccupes d'eux, tu t'intéresses à eux de très près mais, Stella, tu t'oublies. Tu passes ton temps à rendre service à tout le monde.

STELLA : C'est peut-être pour moi la seule façon de retenir les gens.

BERNARD : Faux. Tu vaux plus et tu ne t'en rends pas compte. Et si tu penses ce que tu dis, alors tu n'as pas de vrais amis. Tu ne côtoies pas les bonnes personnes. Et elles ne te méritent pas…

Un temps.

BERNARD : Stella, tu ne vis pas pour toi...

Stella baisse les yeux une seconde, gênée. Puis regarde Bernard à nouveau.

BERNARD : Ne vois-tu pas à quel point j'aurais été heureux que tu te confies à moi, et crois-moi quand je t'affirme que dorénavant je serais tant flatté que tu penses à moi pour parler, que tu me dises quand tu vas mal, que tu viennes poser ta tête sur mon épaule si tu as envie de pleurer… Mais tu ne le fais pas. Tu es la confidente de tout le monde, une confidente parce que tu le veux bien, parce que tu as laissé les autres prendre l'habitude de te parler sans que tu dises que cela t'ennuie. Ils ont pris leurs aises avec toi. Tu es de bons conseils, comment veux-tu qu'ils pensent que tu aies besoin des leurs ? Tu leur as laissé l'occasion d'être égoïstes, de ne penser qu'à leur petite personne, parce que tu es généreuse, tu aimes faire plaisir, et tu donnes toujours. Il serait temps que tu acceptes de recevoir, et d'être aimée en tant que telle et non pas comme la psy de service comme tu dis. Et cette décision, j'espère, commence avec moi… *(Il marque un temps comme pour attendre la réaction de Stella.)* Si seulement tu voyais que je suis là et même si je joue au macho avec toi, je n'en suis pas pour autant moins sensible ! J'adore te titiller c'est tout et tes réactions m'amusent. J'aime quand tu râles, quand tu te plains, quand tu souris et que cette petite fossette apparaît sur ta joue gauche, et ta façon de te mouvoir, cette grâce qui émane de toi quand tu te déplaces, tu crées un ballet à toi toute seule. Comment veux-tu que je me passe de ta présence…

STELLA : Mais…

BERNARD : Oui, tu vas me dire que je n'apparais dans ta vie que tous les six mois. Exact. Et pourquoi à ton avis ? Tout simplement parce que je ne veux pas m'imposer dans ton univers si douillet, si bien organisé, je ne veux pas de déranger, t'ennuyer, et la seule façon de t'atteindre est de te dire que j'ai besoin de toi, d'un service, d'être écouté parce que j'ai un problème. Toi aussi tu as le droit de venir me demander un service mais tu ne le fais pas. J'ai attendu même espéré que tu me proposes qu'on se voit, mais c'est toujours moi qui viens vers toi ! Pourquoi ?

STELLA : Je ne suis pas une nature qui propose, je suis une nature qui dispose !

BERNARD : Stella ! Réponds-moi… Pourquoi ? De quoi as-tu peur ?

STELLA *(embarrassée)* : Je ne veux pas t'ennuyer.

BERNARD : Ma petite Stella, si tu savais, tu ne m'ennuies pas, au contraire, j'aimerais tant que tu m'étouffes de ton sourire, de ton être tout entier…

STELLA *(confuse)* : Bernard…

BERNARD : Tu sais, l'autre soir, lorsque je t'ai proposé de m'accompagner à la soirée donnée pas mon patron, tu m'as interrogé sur le pourquoi de ma requête envers toi, et non pas envers Cécile. Je t'ai dit qu'elle n'était pas libre. C'était faux ! Elle l'était, seulement je ne lui ai pas demandé parce que je te voulais à mes côtés, parce qu'elle n'est pas aussi classe et élégante que toi. J'ai utilisé ce stratagème pour t'inviter. Sinon tu aurais peut-être dit non. De plus, j'avais besoin de quelqu'un qui m'accepte tel que je suis et qui me rende encore plus fort devant la hiérarchie en question. Oui, alors d'accord, je me suis servi de toi, mais sans toi, je me serais ennuyé, je n'aurais pas été à la hauteur, et je n'aurais pas eu le privilège de te présenter à tout le monde et de montrer à quel point j'étais fier de t'avoir à mon bras. Quel honneur pour moi ! Ta main posée sur mon avant bras en entrant était si délicate ! Effleurer ta taille de mes doigts était si délicieux pour moi. Et puis mes collègues ne regardaient que toi ! Toi et personne d'autre ! Tes propos étaient si sensés, si intelligents, tu n'avais aucun mot de travers, et réponse à tout… Tu es quelqu'un de cultivé et tu vois, je regarde aussi et surtout cela chez une femme, et pas seulement son physique comme tu pensais le croire. J'ai juste joué un rôle avec toi, quand je parlais de mes conquêtes comme tu dis. Et puis, j'aime à repenser à la nuit que j'ai passé à t'écouter divaguer, c'était un régal. Tu m'as dit ce soir là combien tu te sentais seule, si différente des autres, tu ne comprenais pas pourquoi tu n'intéressais personne et même pas moi. Tu m'as même dit que les filles avaient de la chance de tomber sur moi, et que moi, je ne te regardais jamais, que je te voyais seulement en copine de passage, en petite confidente de service.

Stella baisse une nouvelle fois les yeux, gênée. Elle se racle la gorge. Puis relève la tête.

STELLA *(d'un air détaché)* : J'ai dit ça ?

BERNARD : Tu as ajouté que tu ne pourrais jamais être approchée par quelqu'un comme moi parce que j'étais trop bien pour une fille comme toi !

STELLA *(d'un air inquiet)* : J'ai dit ça ?

BERNARD : Oui, et sur ce point, tu m'as pas mal jugé, je suis effectivement quelqu'un de bien !

STELLA : Ce n'est pas la vanité qui t'étouffe !

BERNARD : D'accord, d'accord ! Passons la plaisanterie !

STELLA : Et ?…

BERNARD : Ensuite, tu t'es endormie à mes côtés. Au milieu de la nuit, tu t'es un peu blottie contre moi et je t'avouerai que j'ai adoré. Non, ne réagis pas mal ! Dis-toi que je ne te juge pas, je ne veux pas que tu changes, mais donne-moi un peu plus de confiance, je suis sincère tu sais, je ne te mens pas, je n'ai plus envie de quelqu'un d'autre que toi. Pourquoi tourner autour du pot ? C'est toi que je veux, et je ne peux être plus clair.

Silence. Stella reste figée devant Bernard qui semble attendre une réponse.

STELLA : Mais, je ne… je… je… je…

BERNARD : Oui ma puce, exprime-toi.

STELLA : Je… je… je… je…

BERNARD : Tu… tu... tu…tu…

STELLA : Je ne sais pas quoi dire !

BERNARD : Alors, ne dis rien !

STELLA : D'accord ! A part ça ? *(Tout bas.)* Je sens que je vais défaillir !

BERNARD : Qu'est-ce que tu dirais si je t'embrassais, là tout de suite !

Stella écarquille les yeux, prend une grande respiration tout en ayant l'air naturel.

STELLA : Encore faudrait-il que je réalise !

Bernard s'approche de plus en plus et avance son visage de Stella. Tout à coup elle met la main sur les lèvres du jeune homme.

STELLA : Deux secondes, s'il te plaît !

Elle retire sa main.

BERNARD : Quoi !

STELLA : Comment as-tu pu me tromper, si je puis dire, avant même de commencer avec moi ?

BERNARD : Pardon ?

STELLA : Comment as-tu pu avoir des sentiments pour Cécile, Laëtitia et les autres, alors que tu dis en avoir pour moi, enfin si j'ai bien compris !

BERNARD : Et toi, en as-tu pour moi ?

STELLA : Moi, je… je…

BERNARD : Tu… tu…

STELLA : Réponds d'abord à ma question !

BERNARD : Tu ne m'as jamais rien montré, je croyais que c'était peine perdue, je n'ai pas voulu m'imposer. Aussi, parfois on croise le chemin de personnes qui veulent un peu entrer dans votre vie, et les choses font qu'à défaut d'avoir la personne que l'on désire mais qu'on ne peut atteindre, on va vers celle qui vous ouvre les bras. Mais c'est une erreur. On se ment à soi-même… Depuis cette fameuse soirée où tu avais un peu bu, j'ai compris que tu tenais à moi et que tu n'osais te l'avouer et me l'avouer.

Silence.

BERNARD : Sache que je n'ai jamais été aussi franc avec personne. Et je t'arrête tout de suite parce que je te vois venir ! Non, c'est la première fois que je le dis à quelqu'un et tu n'es pas n'importe qui pour moi. Crois-moi ! Et cette fois, je peux t'avouer en toute honnêteté et sans complaisance de ma part, que je suis profondément, infiniment et intensément intéressé ! Et que j'ai l'intention de me servir de toi vingt-quatre heures sur vingt-quatre, de te raconter tous mes états d'âmes, mes émois, mes angoisses, mes joies, de ne pas te lâcher une seule seconde et surtout de ne pas te demander comment tu vas car avec moi tu ne pourras qu'aller bien et te sentir bien !

STELLA : Tu ne peux pas être sérieux deux minutes.

BERNARD : J'essaie de détendre l'atmosphère, mon chou !

STELLA : Je ne suis pas tendue ! Et je ne suis pas ton chou !

BERNARD : Tu vois, tu es sur le qui-vive, prête à me bondir dessus à la minute, mais si c'est dans le bon sens du terme, alors j'accepte !

STELLA : Eh bien, si…

BERNARD : Stop ! Je ne suis pas sûr d'avoir terminé !

STELLA : Mais…

BERNARD : Stop !

STELLA : Mais enfin…

BERNARD : Qu'y a-t-il ?

STELLA : Vas-tu me laisser parler ?

BERNARD : Ah parce que tu as quelque chose à dire ! C'est vrai que depuis un petit moment, j'avais le sentiment d'être sur une scène de théâtre et qu'il était temps pour moi de balancer mon monologue, ou ma tirade qui me rendrait plus crédible aux yeux de ceux ou celles qui me lorgnent de bas en haut depuis un moment en se demandant : « quand va-t-il montrer ce dont il est capable, il bien charmant, mais on aimerait bien savoir ce qu'il a au fond de lui finalement ! » Donc, tu me confirmes bien que nous avons un dialogue à déclamer, un échange et que c'est à ton tour de réagir après ma brillante performance à ton égard !

STELLA : Bernard…

BERNARD *(l'interrompant)* : Non, parce que pendant un moment, je me suis demandé si je ne parlais pas tout seul, ce n'est pas que ce soit désagréable mais à la longue, une petite réaction de ta part serait la bienvenue, et me rassurerait un petit peu…

STELLA : Bernard…

BERNARD : Oui Stella !

STELLA : Mais vas-tu enfin me laisser parler !

BERNARD : Eh bien…

STELLA : Stop ! C'est incroyable, je ne peux pas en placer une ! Il se trouve que j'ai probablement mon mot à dire !

BERNARD : Très bien, je t'écoute ! Mais sois brève ! Parler tout seul me manque déjà !

STELLA *(stupéfaite)* : Dans le genre rigolo, on n'a pas fait mieux !… Franchement, ai-je l'habitude de monopoliser la parole ?

BERNARD : Quand tu commences, il est difficile de t'arrêter. Pense à l'autre jour !

STELLA : L'autre jour, comme tu dis, arrive une fois tous les dix ans. Tu es mal tombé, c'est tout !

BERNARD *(sincère)* : Non, j'avoue que cela m'a plu !

STELLA : Dommage pour toi, je n'ai pas l'intention de recommencer de sitôt.

BERNARD : Pourtant, cela remet les pendules à l'heure ! Et puis cela te va bien… Alors, que voulais-tu dire ?

STELLA : Eh bien…

BERNARD : Tu vois, je te laisse parler, t'exprimer sur des choses qui peut-être te chiffonnent… D'accord, d'accord, je t'écoute !

STELLA : Bernard…

BERNARD : Oh, quand ça commence comme ça, cela m'incite à penser que tu as quelque chose de très sérieux à me dire !

STELLA : Bernard…

BERNARD : Oui Stella, ma Stella…

STELLA : Je ne suis pas ta Stella !

BERNARD : Bientôt peut-être !

STELLA : Toujours aussi sûr de toi !

BERNARD : Et voilà, aurais-je appuyé sur le bouton déclencheur du monologue de reproche ?

STELLA : Mon cher Bernard…

BERNARD : Oui, dis ce que tu as à me dire !

STELLA : Justement, si tu me laissais le dire !

BERNARD : …

STELLA : Je n'ai rien à dire !

BERNARD : Ah !

STELLA : Voilà !

BERNARD : Ah !

STELLA : Je ne sais pas quoi dire ! C'est tout !

Stella baisse les yeux.

BERNARD : Stella ?

Stella demeure silencieuse.

BERNARD : Stella ?

STELLA *(les yeux toujours baissés)* : Je croyais que tu ne voulais pas t'engager.

BERNARD : Voilà encore un faux jugement sur ma personne ! Je vais te répondre sincèrement… Avec les autres non, avec toi oui …

STELLA *(levant les yeux)* : Quel honneur !

BERNARD : Alors ?

STELLA : Je croyais que tu n'avais que faire de moi !

BERNARD : Et maintenant ?

STELLA : Maintenant ? *(Elle s'approche.)* Il va encore falloir me convaincre du contraire.

Il s'approche.

STELLA : Il va aussi falloir que tu m'accompagnes dans mes exercices de danse tous les jours et ce pendant plusieurs heures !

BERNARD : Tu veux dire dans tes déhanchés !

STELLA *(souriante)* : Entre autres !

BERNARD : Cela veut dire que tu vas me laisser entrer dans ta vie.

STELLA : Si tu acceptes de m'en laisser le temps.

BERNARD : D'accord, mais pas trop longtemps alors !

STELLA : Cinq minutes, ça te va ?

BERNARD *(tout en s'approchant)* : Trois !

STELLA *(tout en s'approchant)* : Deux !

BERNARD *(s'approchant encore)* : Une !

Ils sont très près l'un de l'autre.

BERNARD et STELLA : Zéro !

BERNARD : Bonne année ma puce !

STELLA : Bonne année !

Leurs lèvres se rapprochent. Le téléphone sonne. Ils ne bougent plus le temps que le répondeur s'enclenche.

REPONDEUR : Allô ! C'est maman !

Stella baisse légèrement le visage, le sourire aux lèvres.

OLGA : Bonne année ma chérie ! Je t'embrasse et te souhaite tout ce que tu désires ! Et surtout d'être dans les bras d'un beau garçon ! Ton père t'embrasse aussi ! Bon, où es-tu ? Tu dors ? Allô ? Ma chérie ?…

Stella et Bernard se sourient mutuellement. Ils s'embrassent et se laissent tomber sur le canapé.

OLGA : Allô ? Stella ? Tu es là ? Allô ?…

RIDEAU

Dépôt légal : décembre 2021
Imprimé à la demande par Amazon